APRESENTAÇÕES

Millôr Fernandes

APRESENTAÇÕES

EDITORA RECORD
RIO DE JANEIRO • SÃO PAULO
2004

Cip-Brasil. Catalogação-na-fonte
Sindicato Nacional dos Editores de Livros, RJ.

F41a   Fernandes, Millôr, 1924-
          Apresentações / Millôr Fernandes. – Rio
       de Janeiro · Record, 2004.

          ISBN 85-01-06910-8

             1. Prefácios – Coletâneas. I. Título.

                         CDD 869.98
04-0905   CDU 821.134.3(81)-8

Copyright © Millôr Fernandes, 2004

Fotos: Acervo pessoal dos fotografados, exceto aquelas com
indicação na própria foto.

Projeto gráfico: Regina Ferraz

Todos os direitos reservados.
Proibida a reprodução, armazenamento ou transmissão de partes deste
livro, através de quaisquer meios, sem prévia autorização por escrito.

Direitos exclusivos desta edição reservados pela
DISTRIBUIDORA RECORD DE SERVIÇOS DE IMPRENSA S.A.
Rua Argentina 171 – Rio de Janeiro, RJ – 20921-380 – Tel.: 2585-2000

Impresso no Brasil

ISBN 85-01-06910-8

PEDIDOS PELO REEMBOLSO POSTAL
Caixa Postal 23.052
Rio de Janeiro, RJ – 20922-970

EDITORA AFILIADA

*Para o Redi,
que sempre escondeu
ser o melhor de nós todos.*

SUMÁRIO

Seleção	11
Ariano – Duas ou três coisas que eu sei dele	13
O essencial em *Fedra*	17
Newton, à beira da vida: "Um rio que flui"	21
Nico Nicolaievsky & Hique Gómez	23
Um escuro bem iluminado	25
Duvivier, a escultura	27
Alceu Penna	31
Fernanda Verissimo – A missão africana	33
Log-book de Fernando Pedreira	35
Apresentante apresentada	39
Começar do começo	41
Carta a um jovem escultor	43
E a luz foi feita	47
Sérgio Rodrigues, princípios e fins. E alguns meios.	49
Lunáticos	55
Thereza Weiss, com uma pitada de sal	57
Garcez em seu momento	59

Seu Brasil brasileiro	63
Garotos da fuzarca	67
A comédia da classe média	71
Anfiguri	75
Retrato definitivo de José Aparecido de Oliveira	79
– Como, como comes! – Como como como.	83
Um olhar alagado	87
Aula magna	89
Apresentando ao Brasil (orgulhosamente) o escritor José Saramago	91
Os saltimbancos do apocalipse	93
Um Noel nada róseo	97
Sônia Ludens	103
Henrique de Souza Filho	105
Nássara, ainda e sempre	107
Mollica propõe	111
Um espadim numa exposição de objetos mais importantes	113
Ternas, eternas serestas	115
Gilda – um projeto de vida	117
Chico – o Caruso	119
A aventura Pingarilho	123
Lyra, a emoção de sempre	125
Cássio, o Loredano, artista de ida e volta	127
Amor e desamor	131
Cartas ao passado (como se não morrêssemos)	135

Exibicionismo	139
As 13 pragas do século XX	141
Aprezentatzione	143
Danuza	145
Paulo Francis	147
Uma andorinha só não faz o quê?	151
Sobre *Tio Vânia*	153
O homem e seu destino	155
Nota sobre *O homem do princípio ao fim*	159
Universidade Humorística do Méier	163
Minimalista ao infinito	169
A liberdade de Millôr Fernandes	171
Tiso	173
Apresentação de projeto para a esfinge brasileira	175
Por que, então, eu me ufanava de meu país	177
Apresentando *Pô, Romeu!*	185
Elegia para um artista vivo	187
Apresentando o coronel Vidigal	189
Só dói quando eles riem	191
Técio em seu momento	195
Jaguar	197
Juarez Machado	199
Os órfãos de Jânio	201
Os assassinatinhos (Família que mata unida)	205
Bianca	207
Uma peça clássica	211

Quem tem medo de Wolffen Büttel?	215
Apresentação para *O preço*	217
Um Zé com pressa	219
O do Norte que fica	223
Revelações	225
Glauco, onde estiver	229
Fafá ao vivo – existe outra?	233
Razão, razões	235
Geraldo Carneiro, 30 anos depois	239
O da Vila	243
Exibicionismo	245
Não a Conceição	247
O autor, visto por Paulo Francis	249
E eram todos belos	255

Seleção

Este livro encerra definitivamente minha carreira de apresentador. É sua função básica. Pois apresentar alguém é elogiar alguém. Esperam, consciente ou inconscientemente, os apresentados, que isso faça parte de sua confirmação. E, como intimava Nelson Rodrigues, ao pedir prefácio a alguém, "Não me venha de pequenas restrições!".

Só vi um apresentador escrever uma apresentação com restrições: Rubem Braga, o cronista perfeito, apresentando um disco de Vinicius de Moraes, o poeta oximoro, erudito popular.

E só vi um apresentado rasgar, na cara do apresentador, a apresentação feita: Vinicius de Moraes.

Depois do que, apresentador e apresentado serviram-se mais um uísque, e continuaram amigos para todo o sempre, como se nada.

Pois ambos sabiam que a vida é uma sacanagem só, e a Glória não fica, não eleva, nem consola, ao contrário do apregoado pelo simplório Machado de Assis, no mármore do portal da Academia Brasileira de Letras.

Todas as apresentações aqui registradas são elogiosas. E nem poderiam deixar de ser. Na minha porta, na minha admiração, no meu critério, nas minhas amizades e, portanto, neste livro, não entram medíocres, secundários, ocos, superficiais, despiciendos, inócuos, vulgares, banais, risíveis (a não ser quando humoristas), pra não falar de velhacos, malversadores, birbantes, trapaceiros e, claro, jamais isso que hoje se encontra em qualquer sacristia americana: pedófilos.

Não precisam tirar as crianças da sala.

MF

Ariano – Duas ou três coisas que eu sei dele

O passado, todos sabem, é uma invenção do presente. Quem busca datas para os acontecimentos já os está deturpando. Além do que, de datas eu não sei mesmo. Por isso afirmo que foi no fim dos anos 50 que me levantei entusiasmado e invejoso, no Teatro Dulcina, na Cinelândia, para aplaudir *O auto da Compadecida*, de Ariano Suassuna. Ao meu lado, fazendo o mesmo, Silveira Sampaio, médico que há pouco tinha abandonado a medicina pra se transformar no autor de algumas peças leves e refinadas, que dirigia e interpretava com rebuscamento e elegância. Terminado o espetáculo, fomos os três pra minha casa — já na praia de Ipanema, idílica então — e ficamos conversando, varando a noite. E o dia foi amanhecendo por trás dos Dois Irmãos iluminando a pedra do Arpoador, ainda livre dos postes gigantescos, do tráfego ensandecido, enfim, da civilização. Só com raparigas em flor caminhando cronologicamente pro encontro fatal com Vinicius e Tom.

Não me lembro de uma só palavra de Ariano. Ficou-me a forte impressão. Resíduos. A memória da memória.

Quantos encontros tive com Ariano desde então? Não mais que dez. Mas em nossa profissão, lavradores do nada, o contato é permanente. E, se fiz alguma coisa para decepcioná-lo, não sei. Ele não fez nada que me decepcionasse.

Não lhe cobro nem a Academia. Merece todas as imortalidades, até mesmo essa, pechisbeque (corrida ao *Aurélio*).

Meu outro e imediato contato com Ariano foi em *O santo e a porca*. A pedido de Walmor Chagas e Cacilda Becker, fiz o cartaz para a peça, cartaz que me defrontou um dia, pra minha vergonha — sempre tenho vergonha do que faço, meu sonho é ser autor morto —, num dos caminhos do Aterro. Nem sei se Ariano jamais viu ou soube desse contato.

Enquanto isso Ele se expandia. Professor nato — não há nada mais fascinante do que didática, e a dele é excepcional — e criador compulsivo, se fez batalhador de causas culturais populares, exibiu em espetáculos teatrais sua capacidade de representar — é um grande *showman*, quem não viu não sabe o que perdeu —, fez-se um desenhista primoroso e escreveu *A pedra do reino*, que coloco facilmente entre os dez maiores romances brasileiros (nunca me arrisco a dizer que alguma coisa é *a* maior), incluindo aí Guimarães Rosa e excluindo Machado de Assis, quem quiser que me entenda.

Uma das outras vezes em que estive com meu herói foi no Recife, Instituto Joaquim Nabuco, onde ele, enquanto aguardávamos minha oportunidade de incitar o povo com meu verbo flamante, recitou o primeiro poema (soneto) que escrevi na imprensa, aos 20 anos (já tive!, posso provar), e que eu recito aqui pra vocês verem que há que ter memória:

Penicilina puma de casapopéia
Que vais peniça cataramascuma
Se partes carmo tu que esperepéias
Já crima volta pinda cataruma.

Estando instinto catalomascoso
Sem ter mavorte fide lastimina
És todavia piso de horroroso
E eu reclamo — Pina! Pina! Pina!

Casa por fim, morre peridimaco
Martume ezole, ezole martumar
Que tua pára enfim é mesmo um taco.

E se rabela capa de casar
Estrumenente siba postguerra
Enfim irá, enfim irá pra serra.

No dia seguinte, autor ingrato, almoçando com ele, cobrei ter errado uma palavra no soneto. "Errei, não", voltou ele. "Corrigi. Você é que errou a métrica."

Somos do tempo em que havia métrica.

E a última vez em que estivemos juntos foi o momento mais extraordinário. Na casa de nosso comum amigo José Paulo Cavalcanti, jornalista, escritor e causídico (a ordem é a do leitor) numa praia de quatro quilômetros de extensão, na Praia do Toco (Porto de Galinhas), no Recife. Ficamos lá horas, conversando dentro d'água, num mar indizível mas que vou tentar dizer.

A meu lado, dentro das águas claras, mansas e verdes, a presença absolutamente surreal de Ariano, secundado por — apertem os cintos! — Luis Fernando Verissimo. E eu ali, galera, me boquiabrindo diante da loquacidade brilhante de Suassuna e me boquifechando diante do mutismo perturbador de Verissimo, mostrando, como sempre, que não é homem de jogar conversa fora.

Ao redor, a meteorologia no seu melhor, enviando leves pancadas de chuva em momentos precisos, e vento sempre fresco, com dezoito nós e alguns laços — os da amizade.

Ah, e sou deslumbrado por suas cabras. Que coisa nobre, criar cabras.

P.S. E como não poderá se repetir, repito, não só o encontro, mas também a surpresa do encontro, aqui estão, na foto, Luis Fernando Verissimo x Ariano Suassuna, os dois seminus dentro d'água (que, reverentemente, além de morna, clara e calma, ficou terna), cercados pela nossa admiração.

Mas que não haja mal-entendido. Os dois, para sempre, pensarão que estávamos admirando a falada loquacidade emudecedora de um e o admirado mutismo brilhante do outro. Quando na verdade o que nos deixava perplexos era a novidade de ver ali, ao mesmo tempo, em local tão inusitado, não dois cérebros privilegiados, mas dois corpos absolutamente inéditos.

Ariano Suassuna, romancista, desenhista, teatrólogo, professor, *showman*.

Escrito para o *Caderno de Literatura* do Instituto Moreira Salles. Janeiro, 2001.

O essencial em *Fedra*

Escrevo esta nota a pedido da produção do estupefaciente espetáculo a que vocês assistiram ontem (os programas só são lidos no dia seguinte ou nunca). A proposta para que a nota seja esclarecedora bateu, porém, no homem errado — toda minha vocação é tumultuadora. Portanto, vamos lá.

"Quem decidiu montar *Fedra* em 1986?" — comentava-se em toda a cidade (isto é, comentavam dois intelectuais magrinhos num botequim do baixo Humaitá). *J'accuse*: Fernanda Montenegro. Quer dizer, acho. Eu nunca tenho muita certeza de nada. E acho também, e também em dúvida, que é porque o papel lhe cabe como uma luva. Imagem aliás absolutamente imprópria numa época em que ninguém mais usa luvas.

Fernanda discutiu com Augusto Boal (acho), este também entusiasmado com a "obra imortal de Racine", como dizem os *eruditos*. Eu entrei na história depois, para a tarefa de traduzir esse *momento supremo do espírito humano,* embora Victor Hugo achasse Racine "um razoável escritor de terceira ordem". Mas isso faz parte.

Tudo pensado — se é que tudo foi pensado —, decidimos, Fernanda, Boal e eu, o que parecerá iconoclástico para alguns, desde que saibam o que é iconoclástico, que a peça, em português, preservaria mais sua autenticidade se abandonássemos a forma rimada e alexandrina — tão emprenhada nos ouvidos franceses — pelo verso branco. Compensando a perda da rima pela clareza da ordem direta, ganhando na reprodução do sentido exato das falas, no ritmo, na correspondência poética, no maior rendimento dramático por parte dos atores e maior facilidade de recepção por parte do público. Ponto. Ao trabalho.

Fedra — já se disse tudo sobre ela nestes últimos três séculos, e muito mais se dirá neste programa — é a tragédia erótica de uma família sexo-orientada. Fedra, esposa de Teseu, é irmã de Ariadne — a do labirinto —, que já foi apaixonada por Teseu e, abandonada por este num rochedo, que maldade!, se casou com Baco, logo com quem! Ambas, Fedra e Ariadne, são filhas de Pasifaé, aquela senhora que se apaixonou por um touro, ora! ora!, e mandou ver, dando à luz o Minotauro. Teseu, o marido de Fedra, antes de casar com esta, conquistou Antíope, rainha das Amazonas, além da já citada Ariadne, depois ganhou Helena — aquela mesma, de Tróia — no jogo, e teve uma filha com ela. Alguns eruditos discordam dessa versão porque Helena tinha então apenas nove anos de idade, mas se esquecem de que Helena era muito pós-helênica.

Nesta tragédia, Fedra, filha do sol, prisioneira das trevas de um amor absolutamente proibido — ama Hipólito, seu enteado —, foge da luz do dia e se debate entre a loucura, a exaltação, a inveja, o ódio, a autopunição e a vergonha pública. Praticamente inventou a psicanálise.

Mas, ao fim e ao cabo, penso que a história de Fedra é mais do que um amor tabu que luta contra a proibição moral e social. É a história paleontológica do próprio incesto, cuja explicação só encontro na origem da linguagem humana. Inventadas as palavras (entre elas pai, mãe, filho, filha, irmã), estava automaticamente inventado o incesto. Assim, a culpa de Fedra não só não pode ser admitida nem perdoada. Não pode também, e fundamentalmente, ser pronunciada. A tragédia toda se desenvolve no caminhar lingüístico ansioso, mortal, mas irresistível, rodopios e circunlóquios fugindo ao estigma da palavra indizível, até explodir no escândalo e no crime. Na catástrofe catártica do nome maldito: "Hipólito!"

Aí começa a tragédia. Acho que é isso. Vocês me digam. Millôr Fernandes, telefone 247-1254.

Apresentação para o espetáculo *Fedra*, com Fernanda Montenegro, Edson Celulari e Cássia Kiss. Direção de Augusto Boal. Teatro João Caetano, 1986.

Newton, à beira da vida: "Um rio que flui"

A Lei de Newton (*o outro*):

"A reunião de todos os brancos traz a noção da cor."

De Newton Rezende já falaram todos os nossos melhores exegetas — Gullar, Carpeaux, Ayala, Schmidt, Klintowitz e Houaiss —, dizendo dele coisas terríveis: "Acontecimentos do cotidiano o movem a pintar e ele os transforma em imagens do seu mundo imaginário. Parece primitivista, transformando a paisagem, os objetos e os personagens em sua arte, mas é só aparência. Tivesse optado pelo cinema seria sem dúvida um mestre do *flashback*. É brasileiro num sentido muito especial; vê e reconhece a realidade brasileira. Seu tempo é uma relação entre eventos. Sonambulismo remembrativo-projetivo perdoantemente sofrido e sofrente — querer-se-ia mais?"

Concordo em letra e número com esse resumo do Houaiss, embora confesse, aqui entre nós, que se entendo pouco de artes plásticas, entendo ainda menos o que os mestres dizem dela. Olho os trabalhos de Newton, tão flagrantemente irônicos, mesmo quando retrata os destituídos da vida, e penso logo se essa ironia deixaria de funcionar quando vê seu trabalho verbalizado, sua composição semanticada, seu traço gramaticado, sua cor adverbiada. Acho que não. Por isso, oficial do mesmo ofício — somos ambos *autopu-*

nitivamentecríticosdenósmesmos, nosso trabalho apenas um aspecto disso —, eu gostaria menos de escrever sobre o pintor e desenhista estranho e emocionante — hoje já nesse limbo especial dos mestres consagrados — e falar mais sobre a pessoa física. Pois acho que sou dos raros amigos de Newton que o conheci quando ele ainda era criança, alegre e saltitante na sua magreza diáfana, espalhando a sua alegria em volta enquanto, nervoso, mas sempre brincando, procurava arrancar um peixe das águas do rio. Pra ser mais exato, o Alto Araguaia, no ano passado.

Não há que duvidar — toda a arte de Newton parte daí, desse espírito septuagenariamente infantil, perplexo ainda ante o peixe que pula, decepcionado se ele foge, triste quando o pega e (como flagrei) subitamente parado pela luz, ferido pelo tempo que vai, pelo rio que flui, pelo eterno que passa, pela metafísica que pega, mata e come. O resto lhe vem por acréscimo.

Newton Rezende, publicitário e pintor, euforia até o fim.
Apresentação em catálogo, 1995.

Nico Nicolaievsky & Hique Gómez

Sim senhor, *Nico Nicolaievsky & Hique Gómez*, esses de *Tangos & tragédias*, que eu excogitava funâmbulos alambazados, são bufões de escamel. Me deixaram acataléptico. Perficientes na sonância e na disfônica. E na distônica, bem, servem de timbre. Didascália de somatoscópia. Não há cacotecnias. "Vot'a mares!" É de se lhes tirar o chapéu.

O melhor é que os patuscos regamboleiam tanto quanto a malta que lhes paga, o patrazana basbaque. Exsudam aprazimento.

Se é que me entendem.

De arromba.

Vejam enquanto eles estão perto. Vão longe.

Nico Nicolaievsky e Hique Gómez: músicos-comediantes gaúchos, dedicados à interpretação musical "desconstrutivista".
Apresentação no *Jornal do Brasil*, 1997.

Um escuro bem iluminado

Não sou fanático por policiais, mesmo os sherloques e Poes e Hitchcoques, por isso posso recomendar, sem ser suspeito, *Blecaute*, segunda peça de Frederick Knott (a primeira sendo a famosíssima *Disque M para matar*) como entre as melhores coisas do gênero. Extremamente bem urdida, interessa do princípio ao fim pelo entrecho e seu personagem central, a ceguinha que muitos viram no cinema com Audrey Hepburn. Ou foi Mia Farrow? Aqui teve montagem espetacular há (se segurem) trinta anos. Para ser exato: janeiro de 68. No elenco figuravam *apenas* o jovem Geraldo del Rey, o jovem Stênio Garcia, o jovem Raul Cortez, a jovem Djenane Machado. A jovem ceguinha era a jovem gracinha Ewa Vilma. E o jovem diretor era nosso velho amigo Antunes Filho. Espero que os jovens de hoje dupliquem a qualidade e repitam o sucesso desses antigos jovens.

Para o programa de reapresentação da peça *Blecaute* (*Wait Until Dark*) no Teatro Villa-Lobos, 1998.

Duvivier, a escultura

Edgar Duvivier me espera na porta de seu ateliê, Rua Redentor, centro de Ipanema. Me mostra suas esculturas, uma arte que tem de especial o podermos girar em volta dela, tridimensional como o artista. Olho-os, a arte e o artista, demoradamente.

Duvivier nasceu em lugar distante, tempos depois passou a viver num subúrbio, hoje mora neste bairro denso, com automóveis, multidões, televisões, satélites, atropelos, toda a neurótica modernidade que inferniza e encanta nossa vida diária.

Pra morar nesses três níveis urbanos Duvivier não mudou de endereço. As coisas é que foram chegando, se agregando, se empilhando. Transformando numa Nova York a Ipanema de sua infância, das areias brancas cantando ao roçar dos pés. Das pitangueiras e cajueiros, verdejando e avermelhando a paisagem no ir-e-vir das estações e no ir-sem-vir dos anos. Oitenta, ele me diz, exato.

De Ipanema Duvivier foi pra Copacabana, praia então dividida em duas pelo outeiro, morro de pedra que vinha até onde hoje fica o Hotel Copacabana. Uma parte da praia se chamava Cristóvão Colombo, ele informa, eu não sabia, tanta coisa eu não sei. Agora eu sei mais essa.

Exatamente onde hoje é o teatro, de tanta história, e a Pérgola, de tanta sofisticação e sacanagem, ele vivia, menino, entre dezenas de cabras, muitas galinhas, uma vaca chamada Itália, e o saudoso jumento Beija-Flor. Olho pra Duvivier e não pergunto — o paraíso estará sempre na melancolia do passado? Nem sempre, ele não responde. Como tantos de nós, aprendeu, à proporção que a vida avança, que ela não é só passageira, é muito passageira. E que é preciso conscientizar intensamente o gozo do aqui e agora. O dele, acima de qualquer outro — é evidente pelo número de trabalhos que vejo terminados, terminando, começados, começando, projetados, adiados, ou aparentemente abandonados —, continua a ser estatuar, moldar, forjar, cinzelar, sonhar em gesso e bronze, em pedra e aço — reesculpir o mundo.

Começou a amar a escultura exatamente aí, nesse campo de areia longínquo (a "vida" era no Centro, Laranjeiras, Botafogo), porque, nos enredados do destino, ao alcance da vista e na atração do fascínio, ficava a casa dos Bernardelli, Henrique, o pintor, e Rodolfo, o escultor. Acho que italianos, já eram nomes de reconhecida importância e influência na nossa Belle Époque. Era tempo em que escultores italianos, ou descendentes, uns bons, outros melhores, alguns excelentes, Bourdelle, Collucini, De Fior, Mazzuchelli, Boccardo, Bemuci, Del Debbio, Brecheret, iam e vinham, Rio e São Paulo, influíam pra mal e pra bem, perambulavam, discutiam, disputavam. Alguns ficavam. Alguns ficaram.

No horizonte do mundo raiava o "Modernismo". O Futurismo de Marinetti. A Monumentalidade Agressiva do Nazismo. O Realismo Social do Comunismo. O Abstracionismo dos *outsiders*. Os criadores, "artistas", como sempre, trabalhavam na ânsia da glória, do poder, da grana, ou da simples realização. Os teóricos davam nomes — estranhos e fantasistas — aos bois, que muitos não entendiam e nem sempre existiam. Onde estava Wally?

Duvivier, como tantos artistas entrosados em si mesmos, tinha o sentimento da perplexidade. Outro artista de minha especial predileção, o pintor Hopper, sem qualquer tentativa de comparação, tinha o mesmo sentimento. De perplexidade, choque — e não-enturmação — com o que lhe estava em torno. Duvivier só aceitava o que era filtrado por seu individualismo. Como Hopper, pode dizer, embora isso não seja verdade total pra ninguém: "A única influência importante em mim sou eu mesmo." Um endógeno. Um visceral.

A sua era, e é, a sedução pelo próprio ato de fazer, o gosto sensual do uso preciso dos instrumentos especializados — ponteiros, gradins, escopros, cinzéis — e o domínio dos materiais mais desafiadores: a pedra e o mármore. A inspiração ou vinha de dentro, ou estava em volta, no bairro solar por onde já ondulava — a esta altura estamos no início dos anos 50 — a, ai!, inatingível forma da mulher carioca, mais tarde Garota de Ipanema. Pra quem é do ramo basta dar uma volta na exposição com olhos de ver pra verificar o que eu digo.

O apuro dos tempos de escultura esculpiram também a vida de Duvivier, dos grandes espaços dos ateliês antigos aos espaços menores onde trabalha hoje, em Ipanema, pra onde voltou. Foi marcado pela visão infantil da casa dos Bernardelli, onde havia cabeças de cavalo em bronze, talhes, troncos e pedaços de figuras humanas em gesso, trabalhadores dando acabamento a santas e ornatos, geometrias que enfeitariam o que viria a ser o Copacabana Palace, tudo formando conjunto de seres vivos estranhos, carregando representações esculturais fantásticas, antecipando Fellini.

Enquanto isso Duvivier crescia — foi ao circo, foi a Paris, foi ao Louvre, foi ao Café Lamas, viu a uva, viu a ave, esteve na ESDI — e se afirmava. Colocou obras em algumas praças, no Museu de Belas-Artes de São Paulo, no do Rio, fez estátua pra ser jogada no fundo do mar e ser apreciada apenas por mergulhadores, estudou, com fixação, e se divertiu, na geometria do equilíbrio das formas pares e na dinâmica das ímpares, consumiu décadas acariciando e moldando o mármore de Carrara (outro italiano). Mas não resistiu aos materiais da modernidade, o ferro, o latão, o alumínio, o aço — e os tornos e as fresas, e as peças com tensão e movimento.

Agora, ao expor aqui, afirma que sua última série de mármores completa um círculo, volta ao ponto de partida. Sem saber volta ao ponto proustiano do destino, "o encontro do ser com que nascemos com o ser que adquirimos, junção que só pode ser atingida viajando no mundo dos seres, dos lugares e das coisas — no Tempo".

Oitenta anos é um bom momento pra recomeçar, projetar outro círculo, concêntrico ou excêntrico, ao já vivido. Enquanto vivemos a vida é eterna.

Para a última exposição de Eduardo Duvivier, no Museu de Belas-Artes, 1995.

Alceu Penna

1. É. Quando fui trabalhar em *O Cruzeiro*, Alceu já era famoso, numa cidade menor e mais encantadora. Eu achava Alceu um gênio, acompanhando seu desenho no *O Cruzeiro* e também no *O Jornal*, o órgão mais importante dos Diários Associados, na época. Como então eu não tinha 14 anos, achava Alceu um homem fora do meu alcance. Com o passar do tempo ficamos da mesma idade.

Trabalhamos anos dia a dia lado a lado. Ele morava na Rua das Marrecas, bem no centro da gloriosa Cinelândia. Fui morar na mesma rua, tempos depois, a conselho dele. Foi aí que, cheio de medo, comecei a passar algumas horas, duas ou três vezes por semana, enchendo o fundo de seus desenhos. Não foi muito tempo, mas foi tempo de encanto e medo. Você não sabe o pavor que eu tinha de errar tudo, inapelavelmente.

P.S. Foi a primeira vez que vi um calçado elegante e revolucionário chamado mocassim.* Nos pés do Alceu.

2. Junto e separado, mas nunca, como se diz hoje, interagindo. Ele me dizia o tema sobre o qual ia fazer as *Garotas*

---

* Muitos anos depois, na "cobertura agrária" de Rubem Braga, o poeta Paulo Mendes Campos se despedia de nós indo pra cidade. Rubem olhou pros pés de Paulo e perguntou: "Você vai pra cidade de chinelo?" Paulo estava de mocassim.

da semana e eu fazia os versos. Ou me mostrava os desenhos já feitos. Não sei hoje quanto — ou se alguma coisa — se perdeu das elegantérrimas bonecas do Alceu. Naquele momento eram imbatíveis.

3. A tônica em Alceu, no trabalho e na pessoa, era a delicadeza. Sua importância era diretamente ligada ao público, imensa, pelas *Garotas* que desenhava. Era um profissional com técnica precisa e madura. Um dos *tops* em seu tempo. E olhe que J. Carlos ainda era vivo e bem atuante.

Alceu era extremamente bem-humorado. Não me lembro dele não rindo.

Ah, uma qualidade nunca a desprezar — um homem belíssimo.

Bem, aqui está ele de volta, nesta coleção de seus trabalhos feita por uma fã de toda a vida — sua irmã Teresa. Trabalhos que ajudaram, nos anos 50, a dar à revista *O Cruzeiro* uma tiragem de 750.000 exemplares e torná-la a única publicação brasileira com edição internacional. Que saudade, Alceu.

ADENDO PARA TERESA, A BELA IRMÃ DE ALCEU

Cara Teresa.

Vai curto, pra que você não precise cortar (e não muito curto, pra você não achar que respondi assim: "Mamãe, lá vem o bonde!"). Se quiser mais, mande mais perguntas e dizendo de quantos toques precisa.

Alceu de Paula Penna foi um belo carioca nascido em Curvelo, Minas. O mais popular desenhista de modas dos anos 40/50.

Março, 2000

Fernanda Verissimo — A missão africana

(Meia dúzia de coisas que eu sei dela)

Conheço Fernanda Verissimo desde sempre. Dificilmente encontraria pessoa com melhor *pedigree* intelectual. Genético: avô Érico, pai, Luis Fernando, mãe, Lúcia. O existencial: estudo em várias, em muitas, partes do mundo. Anda nesse mundo como se estivesse em casa. Fala línguas, sem jamais ter esquecido a perfeição e graça do seu português. Sabe quase tudo — o que não sabe aprende na hora, e nunca mais esquece. Boa índole, *perfeicionista* em seu trabalho, capaz de operar nos limites extremos da inteligência. Extraordinário senso de humor, tanto no sentido da recepção quanto da formulação que, esta, jamais ultrapassa a fronteira daquilo que antigamente se chamava de boas maneiras.

Quem tiver coragem que me conteste.

Apresentação de Fernanda Verissimo a Helder Martins, embaixador do Brasil em Moçambique.
Abril, 1998

Log-book de Fernando Pedreira

Não sei por que, aliás sei, enquanto lia este livro de Fernando Pedreira sempre me vinha à cabeça o Super-Homem voando. Mas, embaixo, não estavam os panacas de sempre perguntando: "É um pássaro?", "É um avião?", "É um foguete?", e alguém respondendo o óbvio: "Não, é o Super-Homem!", mas este precavido leitor, se perguntando silenciosamente (não costumo falar sozinho), diante de cada página: "É um viajante?", "É um historiador?", "É um poeta?", "É um filósofo?" E resumindo pra si (mim) mesmo: "Não. É um jornalista!"

Jornalista. O que inclui todas as possibilidades.

FP é fibrilarmente um jornalista. E jornalismo é atividade perigosamente eclética, que pode fazer uma falsa vocação dar com os burros numa poça dágua. E uma cabeça com boa emulsão, a aprimorar essa sensibilidade e percepção naturais. Não trancadas nos dogmas do já-pensado. Mas levando-as inapelavelmente ao encontro do pensamento livre. Claro, isso não se atinge assim, sem mais aquela: "Mamãe, lá vem o bonde!" São necessários muitos anos de chão. FP, revelo, já está nisso há mais de uma década. E não revelo quantas.

Viajante, FP andou desde cedo pelas terras, primeiro atraído pelo mundo novo que despontava no Leste Europeu,

Polônia, Tchecoslováquia, engajado naquilo que um dia foi a esperança da humanidade. Em quatro meses de permanência como "observador" da UNE, Praga lhe ficaria para sempre como centro de tramas e mistérios, e imagem de severa beleza, testemunha de outros tempos. Guardou igual ternura por Varsóvia, a Itália de cima. Depois veio a permanência mais longa nos Estados Unidos, períodos menores na Holanda, Áustria, Itália, Índia, mil países e lugares. Até *soggiorno* nas ilhas Seichelles, aquelas, difamadas pelo falecido presidente Collor. Mas a permanência maior de FP foi mesmo na França, primeiro como correspondente do *Estadão* e, neste fim de século, curiosamente, como embaixador na Unesco. A memória dessas viagens, às vezes melancólicas, está presente o tempo todo nestas páginas, em descrições breves mas precisas. O *tour* que descreve em Saint-Michel e Saint-Malo é primoroso. O homem andou lendo também o seu dótor Johnson, o seu Hans Staden, sabe lá as suas línguas, conhece os desvios do mundo. E gosta de andar. Um pedestre da globalização. Leiam.

Historiador, FP aprendeu ao mesmo tempo a narrar as patranhas e fofocas da política nacional e internacional, e a traçar com perspicácia, e alguma malícia, os caminhos da História contemporânea, que se chamam Churchill, Hitler, Stalin, Roosevelt, Getúlio, Mitterrand. A ir buscar, nos antigos da História, o significado do seu dia-a-dia, e a reconhecer no seu dia-a-dia de repórter político a insensatez e o vulgar dos heróis do passado. Sabe que alguns, muito poucos, dos nossos legisladores de hoje poderiam vestir as togas do Senado Romano, como também é certo que muitos daqueles grandes tribunos do passado, vivos fossem, estariam falcatruando e transacionando precatórias. Ironia, inclusive auto-ironia, é o que não falta ao historiador FP. Leiam.

Poeta, *malgré lui-même* (tradução: sem que o perceba), assinala um amanhecer pessoal, um anoitecer de todos, um sol enviesado, um duro inverno, constata, passando ao largo da *campanha* francesa, mas olhando-a com afeto, que "nesta época do ano as ovelhas já deram cria". E descreve o passante, a multidão anônima ou, ocasionalmente, o poderoso da hora, com inesperado carinho pelo *outro*. Mostra que o (seu) ceticismo não é mau, não disseca ou nega pra ferir, não é ressentido com a fé. E ensina que cabem, no aconchego de quem nada espera, a árvore solitária, o ser humano, a cidade onde se vive, a cidade em que se passa, a esquina em que se está. É uma boa visão e uma boa audição — a vida tem sempre música de fundo. E parece até que vale a pena. Leiam.

Filósofo, FP conhece seu Aristóteles, seu Nietzsche, nosso Voltaire, e desfaz (no sentido de "fazer pouco de") das belas teorias, sobretudo as em que mais acreditou. Sabe que Baltazar "será pesado e achado leve", seu reino será dividido e Ciro sempre desvia o Eufrates pra tomar o palácio tido como inexpugnável, no exato momento em que a orgia memorável come solta. No mais amplo sentido. O olho e a experiência do jornalista, a reflexão buscada ou inevitável, um modo natural de inquérito, uma maneira de pensar, estado de reflexão que se afasta da religião (felizmente), pois é distanciamento, permite — ou obriga a — conceitos sobre a natureza de gentes e substância de coisas. Leiam.

Jornalista. *Semper* jornalista, FP teve o privilégio de, muito jovem, participar dos altos escalões de um grande jornal, o *Estadão*, e, na maturidade, ocupar posição semelhante no *JB*, o que lhe permitiu visão privilegiada do exercício do poder de imprensa, do eterno choque, e eterna colaboração, pro bem, e pro mal, entre senhores da mídia e donos do poder político. Pra quem, como eu, viveu no mesmo tempo os mesmos momentos profissionais, mas "de fora", é fascinante ter sua visão, mesmo quando passageira, de grandes personalidades da imprensa desse tempo.

A parte mais longa do livro, no fim, é uma palestra, "Conversa em Apipucos" (pronunciada no Instituto Joaquim Nabuco), abrangente e atualizada visão da mídia, no Brasil e no mundo, esse mundo que até os dias de Colombo era incomensurável, senão infinito, e que o genovês mostrou ser apenas uma imensa bola — "que só tem feito encolher". Leiam.

P. S. Companheiro de geração de FP (ele não tem culpa), companheiro da mesma profissão, a que chegamos por levitação mas também por decidida escolha, companheiro na apreciação contida (imaginem se não fosse) mas irrefreável do antigamente chamado belo sexo (percam a esperança, não há no livro uma linha ou palavra sobre isso), amigo de FP há longos anos, tenho a obrigação de evitar qualquer elogio fácil a este opúsculo (o livro é grande mas eu gosto da palavra), me dar por suspeito de opinião. Donde me desculpar junto ao autor pelo meu comedimento ao prefaciar seu trabalho. Eu, hein?

Fernando Pedreira, jornalista, embaixador do Brasil na Unesco, ri silenciosamente.

Junho, 1997

Apresentante apresentada

Senhores,

é extremamente difícil, e até irônico, apresentar ou dar aval a uma pessoa que deveria, em princípio, nos apresentar e avalizar. Dados seus títulos e trabalhos. Peço, portanto, que primeiro perguntem à atriz Tereza Rachel que revele quem eu sou, para poderem, ou não, aceitar o que escrevo sobre ela.

(Tempo.)

Agora que meu pedido foi satisfeito posso dizer que assisti, sempre com agrado, algumas vezes com emoção, outras com insuperável admiração, mais de uma dezena de trabalhos de Tereza Rachel nesses 40 anos em que exerceu o comportado ofício do teatro, aliás o mais disciplinado que conheço.

Entre esses trabalhos figuram inúmeros clássicos do teatro nacional e estrangeiro, basta lembrar *Bonitinha mas ordinária*, *Os fuzis da senhora Carrar*, *Gata em telhado de zinco quente*, *Senhorita Júlia*, *O inimigo do povo*, *Um bonde chamado desejo*, *Fedra*, *Antígona*, e por aí vai. Ou melhor, foi.

Quem viu esses espetáculos e sabe de alguns dos inúmeros prêmios que a atriz conquistou, *Coruja de Ouro*, *Kikito*,

Candango, *Saci*, *Molière*, tem que concordar: a crítica, tantas vezes criticada, algumas vezes é justa e até iluminada.

Fato de fundamental importância e nunca citado na vida (acima da carreira) da atriz é ela ter aceitado, num momento em que isso requeria não pequena coragem, representar, com Paulo Autran, Nara Leão e Vianinha, a peça *Liberdade, Liberdade*. Não por acaso escrita e dirigida por Flávio Rangel. E, por acaso, coadjuvada por mim.

Com inclinação e respeito,

                             Millôr Fernandes

À Comissão do Prêmio Flávio Rangel da Secretaria de Cultura de São Paulo, 1997.

Começar do começo

Bianca Ramoneda — jovem escritora e atriz. Costuma interativar a literatura com representação, em excelentes *performances*, mostrando que literatura pode ser ouvida e o que se diz pode ser posto no papel com a mesma qualidade.

Carioca, ninguém é mais do que ela, vivendo no Alto da Tijuca desde sempre, ali onde Taunay, o d'Escragnole, autor de *Inocência*, tomava banho na cascata, e Cornélio Pena escrevia pungentes lembranças familiares, a intenção de Bianca Ramoneda, projeto literário, é exatamente transpor seu sentimento de carioca para a literatura, coisa que os citados e outros, tantos!, já fizeram tão bem. Sua pretensão e esperança é um dia se incorporar a essa corrente e a esse mundo.

Seu livro, *Só*, mostra a qualidade da escrita de Bianca e sua vontade de chegar — editou o livro em publicação independente. Esforço premiado ao se ver apontada para o prêmio Nestlé e ter duas edições do livro vendidas pela Rocco.

Inclinando-me respeitosamente, sou
        de V. Sas. Cro. Ato. Obro,

                o Millôr Fernandes

Aos senhores auditores da Rio-Arte

Agosto, 1992

Carta a um jovem escultor

Xico, você me fez o convite gentil de apresentar teu trabalho. Sem modéstia alguma me perguntei: quem sou eu? Pra ser sincero, não é incomum eu me fazer essa pergunta. Sempre me acho inadequado. Mas, no teu caso, havia algo especial, a temática que me era desconhecida — a dos gabirus. E fui olhando as fotografias do teu trabalho, e foi olhando elas (nunca olho-as, e muito menos as olho) que aprendi.

Eu sabia que havia isso no Nordeste, em Pernambuco, mas não sabia que já tínhamos chegado ao Rio Grande. Pois, de longe, o Rio Grande sempre nos parece um estado rico, europeizado, incapaz dessas coisas.

E agora, diante de tuas esculturas, vemos que nosso amado Brasil falha mesmo nos locais — estados — em que deu mais certo. E que a suprema degradação do homem já chegou, está, entre nós. Podemos olhá-la como estética? Até onde vai a estética, ela que já foi — veio — tão longe? Diz.

Peço isso porque, curiosamente, é um austríaco (quanto, ainda?), que de andança em andança — Traum, São Paulo, Bruno Giorgio (como não nos vimos? Eu estava lá com ele), Liceu de Artes e Ofícios (talvez tenhamos pegado os mesmos cinzéis, quem sabe?; eu estudei lá, na época) —

um dia virou gaúcho, quem vem me mostrar, através de suas figuras esculturais, que há um belo (belo-horrível, como o incêndio?) intercâmbio entre os estados brasileiros. E pergunto de novo — até onde vai a estética? Quem pode me responder é você, que flertou, namorou, talvez tenha se apaixonado ocasionalmente pelo mobilismo de Calder, pelo esqueletismo de Giacometti, pelas formas voadoras (sem peso) de Brancusi, e agora, depois dos nus femininos de 96, chega, ou volta, ao social. Ao gabiru. Ao ser humano mínimo essencial. Que apenas ainda respira. Que ainda não atingiu a glória da miséria. Um pouco antes do nada. Gabiru. Gabiru-homem. Íntimo e indistinguível do rato-gabiru.

Olho com cuidado o indivíduo, a criança, o homem, a mulher, a família. O cão. Transformados em outra matéria. Que gente, meu amigo. Lamento, desta distância, não poder fazer o que sempre faço — girar em torno. A escultura é a única arte que nos solicita a girar em torno dela. E, se possível, do artista, para vê-lo também em várias faces.

Fico pensando no odor, no miasma, no suor desses seres. E, subitamente, sinto falta da angústia. Que angústia, Xico? Que angústia, Millôr? Nenhuma. O escultor fixou justamente o drama da suprema aceitação. Os gabirus escaparam da condição humana. Na realidade em que vivem, eles não têm angústia. Por que teriam angústia se nunca tiveram nada? Seres tão degradados atingem a calma da total anulação. Sem frente nem ilusão. Sem passado ou porvir. Um deles, que um dia chegou por um momento às luzes da imprensa, dá essa lição. Não se queixa, fala naturalmente de si próprio, de seu metro e trinta e cinco de altura, e de seus treze filhos, lembra os dias de fartura em que todos juntos conseguem comer uma jaca inteira. E mostra ter do mundo inatingível, que mal sabe que existe, uma visão de inesperada e inconsciente poesia: "Um dia eu vi o mar. É bonito. Parece uma plantação de capim."

Louvor a Xico Stockinger, escultor gaúcho de ascendência austríaca (muito pouca, quatro anos).

Setembro, 1999

E a luz foi feita

Edgar Moura foi um desenhista do *Pasquim*, jornal publicado aqui no Rio, no século passado. Pra ser exato, fim dos anos 60. Bom de traço e de significado, o Edgar. Quase menino, não chegou a amadurecer desenhos e legendas, se mandou para artes e ofícios mais importantes. Cinema, iluminação, direção de fotografia, estudos dessas habilidades&ciências, *urbe et orbi*. De longe eu o acompanhava. Em nossas profissões, apaixonantes, jornalismo, ciclismo, tiro ao alvo, cinema, roleta russa, todos, mais ou menos, nos acompanhamos. Vi Edgar crescer — inclusive em tamanho, acho que chegou aí a um e noventa — pelas ruas de Paris, Bruxelas, Michigan, e até Moçambique (até por que, Millôr?), pelo casamento (que inveja!) com Débora Bloch.

De repente Edgar me telefona por um prefácio pro livro do qual eu nem suspeitava — não suspeitava o escritor no Edgar, ora!,ora! — e que agora está aqui na minha frente, dizendo: "Leia-me e te devoro." Se chama *50 Anos — Luz, câmera e ação*. Um calhamaço. Um calhamaço de 500 páginas. Soberbo. E assustador.

Mas, se você gosta alguma coisa de fotografia (não *still*, a em movimento, de cinema), vai pedir mais. O homem entende do riscado, vai da prática à teoria, e volta desta a modos de fazer (não pensem em livrinhos *how-to-do*, é filosofia de trabalho) com uma elegância e uma precisão de escritor nato. E experimentado. Por tudo perpassa (?) o mais fino humor, em sua forma melhor, a ironia, em sua forma maior — auto-ironia. Sem explicitar, Edgar deixa claro que não pretende salvar o mundo com a sua profissão. Nem com seu livro. Acho bom.

Dê uma olhada em qualquer capítulo. Comece pelas "Janelas de Vermeer". Como você não vai parar, logo ficará encantado em saber o que é a *Natureza* da luz e onde está sua *Origem* — o homem leu tudo sobre o assunto, e aqui entra, acho, até Goethe —, o que é uma Luz Dura, um *Corpo Negro*, um *Contraluz Difuso*, o *Tripé (Iluminado) da Criação*. E por aí vão 40 capítulos de visão criativa sobre a admirável realidade que nos cerca, mas que, Edgar me convence, pode ser muito melhor iluminada. Afinal de contas o *Fiat* foi só um improviso.

Edgar Moura é desenhista, humorista, diretor cinematográfico de fotografia. E bonitão.

Março, 2001

Sérgio Rodrigues, princípios e fins.
E alguns meios.

Trabalhei com Nelson Rodrigues (aquele, o do *Vestido*), tio de Sérgio, mais de 10 anos, lado a lado, diariamente, na revista *O Cruzeiro*. Por isso conheço Sérgio talvez mais do que ele pense. Através de Nelson tive contato com toda a família, no tempo em que esta morava numa bela casa em Laranjeiras, junto ao campo do Fluminense, e o Fluminense era um time da primeira divisão. O clã Rodrigues era metade homem, metade mulher, metade de cabelo negro, metade de cabelo vermelho — onde foram os cabelos ruivos, os *ruços*, de antigamente? Jornalistas (Mário, Paulo, Augusto), jornalista, dramaturgo (Nelson), desenhista (Irene), atriz (Dulce), cineasta (Milton), todos intelectuais — um pouco mais, um pouco menos — realizados. Conheci, de ver, o famoso e diatríbico jornal do avô de Sérgio, *A Crítica*, em que Roberto, seu pai — já excelente desenhista quando morreu, tragicamente, aos 24 anos —, trabalhava. Vi toda a coleção do jornal. O que mais me ficou foi a paginação audaciosa e o destaque dado ao esporte — páginas inteiras —, atividade pouco importante, na época, mas já intensamente apreciada pelos Rodrigues. Não é à toa que o nome oficial do Maracanã é Mário (Rodrigues) Filho — irmão de Nelson, tio de Sérgio —, também excelente cronista esportivo, vide *O negro no futebol brasileiro*.

Quer dizer, Sérgio Rodrigues não é um *cístron* (corrida ao dicionário!)* solitário, surgido a esmo no limbo da criatividade. Pegou de um o talento visual, de outro a capacidade de formalizar, de um terceiro a tara da individualização — roubou toda a família. Deu no que deu.

Me vejo, junto com o pintor Juarez Machado, recém-chegado de Santa Catarina (atualmente, *voilà!*, é pintor parisiense), pintando as montras (vitrines) da elegante OCA, aqui na Praça Gozório (General Osório). Loja de primeiro mundo, da qual Sérgio Rodrigues era co-proprietário. Ainda não estava em moda falar de transparências mas, através do vidro, víamos o Sérgio, em meio aos móveis *prafrentex* — expressão da época — da loja, fazendo gestos de aprovação ao nosso trabalho, acompanhado de outros não aprováveis, pelo gestual surdo-mudo. Sempre o vi assim, gozador, bem-humorado, rindo e brincando. Não sei a que horas consulta o psicanalista ou cai em prantos num desvão de escada.

Nossa pintura *in-vitro* resultou um bom trabalho, que Sérgio afirma, até hoje, ter ficado melhor do que os vitrais de Chartres. Um tanto exagerado, mas quem sou eu pra contestar?

E aí nos separamos. Sérgio foi pra São Paulo, dirigir a *Forma*, foi pra Curitiba, difundir o mobiliário moderno na *Móveis Artesanal*, criou a cadeira Lúcio Costa, a poltroninha Oscar Niemeyer, móveis para a Universidade de Brasília, sempre olhando os móveis como objetos de arte. Sem esquecer o fundamental — também de uso.

---

* Não precisa correr não. É unidade genética.

Nos reencontramos em seu trabalho em cima do morro de Cantagalo (hoje se chama Brizolão). Fiz apenas o logo do bar *On the Rocks* — excelente trocadilho do próprio Sérgio; o bar era cavado nas rochas. E o restaurante no alto do morro, com enorme piscina a céu aberto, batizamos de Berro Dágua, nome que tirei do *Quincas*, do Jorge Amado. E este veio e consagrou o local. Tempos.

E estamos juntos outra vez no restaurante Papo de Anjo, do qual Sérgio foi proprietário — arquitetos são chegados a criarem restaurantes; imaginem se os *restaurateurs* fizessem arquitetura. Mas Sérgio entende mesmo de comida — de comer e de fazer. O restaurante era ali no Horto, colado à Tevê Globo. Não sei quanto tempo durou. Dizem os rivais que Sérgio atuava mais como consumidor do que fornecedor. Papo de víboras.

Fiz a apresentação desse Papo de Anjo, de arquitetura especializada impecável. Não juro pela comida, mas transcrevo um pouco do que escrevi então, inspirado no conceito do grande Brillat-Savarin-Rodrigues: "Sempre lutando pelo mais degustável e mais digerível, no longo e saboroso esforço do ser humano por um prato mais belo numa mesa mais justa."

Foi em 59, creio eu, a consagração internacional da Poltrona Mole.

Conhecendo o longo trabalho de criação e confecção da peça, cotação máxima de nossa arquitetura mobiliária, sempre me referia a ela, falando ou escrevendo, como A Poltrona que Não Foi Mole. Nos livros internacionais de crítica especializada é chamada de *Sheriff* (não parece tradução de filme de televisão?).

Vou me lembrando de Sérgio e suas circunstâncias, e escrevendo ao correr da pena — ao pulsar do *chip*. Mas não lembro tudo nem escrevo tudo. Que sei eu de arquitetura? Bem, vai ver, tudo. Sei de morar, sei de dormir, sei de sentar.

De morar sei que devo estar sempre de frente para o mar, olhando pra montanha, e, no Rio, clima tropical, de cara pro nascente.

De dormir. Só durmo com os pés da cama voltados pra porta principal, de onde pode penetrar o Mal. Embora em minha vida só tenha penetrado o Bem, depois de premir de leve o tímpano do seio, que leva direto ao coração.

E de sentar, aprendi sentando em areia (de Ipanema), sentando em banco (de Liceu), e evitando sentar em cadeira da Bauhaus (Gropius mereceu terminar a vida com aquela chata da Alma Mahler).

Ainda de sentar. Eu tinha concluído que, como a bunda não vai se modificar no próximo milênio, os arquitetos de móveis tinham que criar a partir dela, ou delas, se considerarmos a duplicidade dessa singularidade anatômica. Foi aí que o talento estético de Sérgio Rodrigues veio ao encontro do meu bom senso e exigência de conforto e, inesperadamente, empurrou embaixo de mim a já citada Poltrona Mole. Onde não me sentei. Deitei e rolei. Que artefato, meus amigos. Uns dizem que é *slouchingly casual*, outros que antecipou a Bossa Nova, Sérgio Augusto afirma que é um móvel em que a pessoa se repoltreia, e Odilon Ribeiro Coutinho que "tem o dengo e a moleza libertina da senzala". Sei lá. Pra mim, essencialmente couro, foi natural curtição. Anatômica, convidativa, insinuante. Atração fatal. Sharon Stone. É prazer sem igual sentar-deitar numa, e ficar olhando em frente uma outra, da Bauhaus. Melhor, uma outra Mole.

P.S. Uma vez, conversando com um trabalhador, profissional de fazer móveis, estabelecemos a hierarquia da profissão. O carpinteiro, que lida com o essencial, o básico, simples e econômico, é o sargento ou tenente. O marceneiro, mais atento ao acabamento, ao requinte, à sofisticação do seu trabalho, é o capitão ou coronel.

Eu não cometeria a heresia de colocar Sérgio, nessa hierarquia mobiliária, como o general. Pra mim ele é mais essa estranha carta do baralho, o ás. Acima do rei, na hierarquia das potestades.

Sérgio Rodrigues é escultor de móveis, restaurateur e gozador (*gozateur*).
Junho, 1999

Lunáticos

Últimas luas tem a estrutura simples do ser humano. Se é que me entendem. Claro que não. Um velho, palavra que, em certas condições, fere como uma punhalada, dialoga com seu passado na pessoa da esposa, já morta. Uma invenção hábil do autor Furio Bordon, nos colocando assim, ao mesmo tempo, no momento extremo de uma vida e na mesma, décadas antes, quando a existência era quente e cor-de-rosa. Na presença da Mãe, morta ainda jovem e bonita, vemos o que ele foi. A felicidade, quase sempre, vive apenas na melancolia.

Mas o personagem patético, da situação limite em que se encontra — só há uma saída, a indesejada —, consegue risos e até gargalhadas. Não dele próprio, claro. Dos que o assistem. Espero.

Pois Furio Bordon sabe conduzir o seu drama com delicadeza e dor.

O sufoco de quem não tem mais nada, ou pensa assim, e age como se fosse assim, o que, ao fim e ao cabo, vem a dar no mesmo, é transmitido por um diálogo claro, com falas de humor autocrítico e autopunitivo, emitidas por um Pai (os personagens são quase protótipos, *Pai, Mãe, Filho*) cujo sonho infantil era ser um dos três patinhos e não, como todos nós, o Tio Patinhas.

P.S. AO DIRETOR JORGE TAKLA

Takla, se você achar o texto muito curto, diz, que a gente aumenta. Mas, em programas de teatro, como em tudo, é melhor pouco do que demais. Você decide. Vou ver se encontro um retrato do Marlon Brando aos vinte anos pra você ilustrar o texto, dizendo que sou eu. Pode estar certo de que ninguém vai perceber.

Abração. M.

Apresentação da peça *Últimas luas*, dirigida por Jorge Takla e representada por Antônio Fagundes.

Agosto, 1999

Thereza Weiss, com uma pitada de sal

Uma rosa é uma rosa, um manjar é um manjar. Quer dizer, o melhor, diante do que se olha ou saboreia, é não cometer o equívoco da análise. Olhar a rosa é sentir-lhe o odor e saber que "uma rosa cheira com qualquer outro nome". Inúmeras vezes, nas iguarias de Maria Thereza Weiss, não sei distinguir os componentes ou, se sei, não lhes lembro os nomes. Mas lembro os gostos, cheiros, frigir, visuais, até o tátil do apertar a iguaria no palato, ou triturar (crocar) nos dentes.

Amigo de Thereza *ille memoria*, incluído nessa amizade meu carinho por Aninha — que, menina, me chamava de "professor desenhero" —, isso me deu o privilégio de saborear quitutes especiais da mestra quando ainda não tinha atingido o mestrado, a consagração oficial, o PhD de forno e fogão, mas já botava banca — vale dizer, mesa — que não deixava margem a dúvida.

A profissionalização foi conseqüência natural. E veio o restaurante — hoje uma tradição do Rio — no Humaitá, os *hors d'œuvres* no Canecão, entre um Ney Matogrosso e um Bobby McFerrin, e jantares e almoços especiais, daqueles que nos fazem justificar Brillat-Savarin na sua exaltação culinária: no dia mais assustador da Revolução Francesa, quando o *Terror* fez a guilhotina funcionar 48 vezes, Brillat encontrou um amigo que lhe disse: "Que dia terrível!" Brillat concordou amargurado: "Realmente, nem um badejo no mercado!"

A anedota vale pra lembrar que Maria Thereza Weiss — percebemos à primeira garfada, ou colherada, ou facada — exerce sua arte-profissão com incontida intensidade, como se só aquilo importasse. Mas sempre com o refinamento minimalista do *cum grano salis*, o grão de sal, o micro que cria o macro. O mesmo princípio que animava suas crônicas durante anos n*O Globo*, e agora n*O Dia*.

EM TEMPO *Cum grano salis*, expressão bastante conhecida, significando "Não se leve demasiado a sério", "Não afirme demais", "Bote uma pontinha de humor", na origem clássica tem sentido concreto. É de Plínio (*Naturalis Historia*), "*Addito salis grano*", e se refere mesmo é a uma receita. Médica.

Millôr é cultura.

Thereza Weiss. Jornalista e cozinheira. Mãe da Aninha.
Novembro, 1999

Garcez em seu momento

Sem muitos badulaques, nem coletes de vinte bolsos, comuns aos fotógrafos internacionais, Cartier Bresson, com sua Leica 35 pendurada no peito, estava permanentemente de tocaia para o *momento decisivo*. Aquele de apertar o botão pra fixar pra sempre o instante que desaparece exatamente quando é eternizado (instantâneo). A magia — acima da arte — da fotografia.

Olho as 158 fotografias de Paulo (Paulinho) Garcez, um fotógrafo cercado pelos seus motivos, atraído pela, e atraindo a, gente que foi o melhor que pudemos encontrar neste grande mundo do pequeno bairro em que vivíamos todos, e alguns, por apressados, já não vivem mais. Olho. E, como todo mundo, sou solicitado pela emoção que fotos, o visual, mais que o paladar de Proust, trazem. O paradoxo melancólico de nos mostrar sempre mais moços nas fotografias velhas e mais velhos nas fotografias novas.

No registro especial de Paulo Garcez percebe-se que, fotografando os outros, ele fotografava sua própria vida. Os personagens que desfilam no livro, agora, para sempre, carinhosamente celebrizados, são todos, ou eram, as pessoas de seu dia-a-dia, noite-a-noite. Havia uma conversa natural antes e depois das fotos, havia uma existência comum entre o registrador e o registrado. A história bebendo com o historiador. Não há uma intimidade buscada, só a sensação de que, já que a câmera está ali, sempre com ele, Garcez vai clicando, como quem clica um olho e pisca um coração. Quem está diante de Garcez não é o *Sabiá da Crônica*, é o Rubem Braga, não é Ciro Monteiro, é o Formigão, não é Vinicius, é o *Vate 69*. Naturalmente, estão ali também, apenas de passagem, alguns personagens já então imponentes — Afonso Arinos, Jorge Amado, Sérgio Buarque e, vejam só, Marisa Berenson! E não há um só personagem ocasional, involuntário papagaio de pirata da glória que passa.

Como todo artista depende de sorte, a primeira e mais importante de todas, a de nascer com talento, Paulinho teve a do momento em que flagra seus personagens, anos 60, e a do local, a Ipanema de todos nós. Não precisou, como Paul Fusco, conviver com o hospital de criminosos loucos, de Ohio, não freqüentou a mineração faminta e desesperada de Sebastião Salgado, os refugiados negros nos campos de Zâmbia, de Peter Marlow, não teve, como Werner Bishof, que morrer caindo nas montanhas peruanas, nem viu, com Robert Capa, em 1945, em Leipzig, o último soldado alemão morto por trás de uma porta de armazém. Ficou, ainda como Bresson, não "um aventureiro com uma ética" mas "um apaixonado de uma estética".

Estamos, estávamos, em Ipanema, onde, quando o sol caía e a praia esvaziava, os banqueiros diminuíam logo de importância e crescia o prestígio dos artistas, das belas e dos simplesmente notívagos — nos bares, nos restaurantes, e nas festas familiares, quer dizer, só de famílias razoavelmente permissivas, pois nesse tempo começava o *ninguém é de ninguém*, pois todos eram de todos, êta nóis, hein, mãe? Paulo Garcez está ali, profissional da amizade e da fotografia, sem precedência de nenhuma das duas, antiamericanista sem raiva, defensor ardoroso, e tremendamente engraçado, do Império Britânico, seus reis shakesperianos, suas rainhas sempre virgens, e sobretudo seus *pageants*, cerimônias fúnebres ou comemorativas, pra ele melhores até, suprema admiração, do que a Banda de Ipanema.

A sensibilidade especial do fotógrafo Garcez transubstancia esse material não tão comum — a intimidade. Vantagem principal — a não-consciência do fotografado. Não há a timidez do outro lado, como também não há poses, voluntárias ou inconscientes. Garcez nunca precisou usar o famoso golpe de Capa, arrancando subitamente o charuto da boca de Churchill e deixando-o, na foto famosa, com aquela expressão de irritação e surpresa, fixado para sempre como o mais profundo momento de indignação patriótica do estadista.

NOTA TÉCNICA Estas fotos de Paulo Garcez são do tempo em que ainda havia negativos. Tempo de uma realidade fotográfica que logo ia ser ameaçada pela digitalização e pelas correções de computador, que hoje já nos obrigam a classificar as fotos em *ficção* e *não-ficção*.

Aqui temos o artista *enquanto* testemunha, o último reduto da foto autêntica, a máquina e a emoção. Só uma objetiva, um objetivo, e o amigo que clica.

Simples como isso.

Paulo Garcez é jornalista e fotógrafo. Especializado em Ipanema e sua gente.
Fevereiro, 2002

Seu Brasil brasileiro

Márcio Moreira Alves nasceu com extraordinária índole (talento, se preferem) de sonhador dionisíaco, mas os controladores aí da metafísica várias vezes o colocaram no meio-campo do materialismo dialético. Confesso cinicamente — não sei o que eu quero dizer com isso. Mas duvido que você pare de ler aqui. E intimo-o a ler este *Brava gente* (longe vá) pra que explique a mim o que não sei. Ponto. Com.

Nascido em Minas, privilegiado por isso — não tenho provas, mas ainda acho a formação humanística mineira a melhor do Brasil, em que pesem os newton cardosos da vida — e pela sólida possibilidade educacional proporcionada por família de alta classe média, "tradicional", Marcito adquiriu a cultura básica dos complicados — mas fundamentais — currículos de antigamente, que abriam os olhos, ouvidos, nariz e garganta para os interesses culturais do mundo. Seu francês é de Racine. Seu português não. Ainda bem.

Mas o que ele é mesmo é político visceral. E jornalista não menos.

As duas vocações juntas o levaram a, menino ainda, receber um tiro na coxa na gloriosa Assembléia de Alagoas. Um pouco menos menino, mas ainda bastante, deputado imberbe, foi autor, bem, não autor, motivo, de um dos atos "jurídicos" mais belos da ditadura militar — o AI-5. Do alto da tribuna da câmara, Proust maldito, ele concitou as raparigas em flor a não namorarem cadetes. Não sei se alguma delas seguiu seu conselho (a farda militar, e a segurança econômica que representava, ainda era atrativo irresistível) mas, por via das dúvidas, os donos do poder tacaram-lhe uma cassação em cima. A qual, negada pelos parlamentares, deu no que deu, e que acima foi citado, e que me recuso a repetir o que foi. Ponto. Sem com.

Marcito teve que escapulir na calada da noite, pelo extremo norte do país, atravessando a nado a fronteira do Rio Grande do Sul com Sergipe, depois de mergulhar na foz do Iguaçu, evitando as tropas inimigas que, de helicóptero, o metralhavam sem piedade.

O tópico acima não é verdadeiro, deletem. Coloquei-o porque, hoje, quando vejo tantas pouquidões do passado se apresentando como heróis de Jerusalém Libertada, não ia deixar que um amigo modesto reduzisse seu sofrimento cívico *apenas* aos 11 anos que viveu no exílio.

E, voltando ao Brasil, *surprise!, surprise!,* eis que Marcito descobre o otimismo. A cúpula do poder, políticos e que tais, cada vez se deteriorava mais. Mas, por isso mesmo, enojado com elas — cúpulas —, Marcito sedimentou o seu sentimento básico de que o país não era esse. Não podia ser. O povo, no seu mais amplo sentido, pobres, remediados e até um ou outro rico, médicos, engenheiros, professores, os "formados", e até alguns "formadores" de opinião, viviam em outro espírito, outra escala, outro Brasil. Muitos de nós sabíamos ou pressentíamos isso. Marcito *foi lá.*

Procurar o pote de ouro no fim do arco-íris.

Agora Marcito vai e volta todo o tempo, o tempo todo, e vice-versa, verificando esse Brasil que se constrói a si mesmo. Chega a lugares só alcançáveis pela tecnologia moderna. Centenas de milhares de quilômetros por terra, mar e ar e cibernética.

Brava gente brasileira é sobre isso. Sobre um Brasil que se salva e vai salvar o Brasil.

Onde se salva até a figura de um homem público de nosso tempo, o qual Marcito consagra — no sentido social e religioso — para a posteridade: Mário Covas.

Márcio Moreira Alves foi alvo de tiros na Assembléia de Alagoas, alvo de cassação pelo AI-5, exilado político durante anos, tudo isso por ser, acima de tudo, jornalista.

Dezembro, 1999

Garotos da fuzarca

**IVAN — a ponte Rio-Niterói entre
Saudi Kensington e JerusaLeme — LESSA**

É tudo mentira. É tudo história. Tudo aconteceu. Todos sabem que tudo que acontece é mentira. O que ele diz não se escreve. O pior é que ele escreve. O pior é que a gente lê. O que preocupa mais são todos esses maiores, que vão ler e vão não pensar que isso não é. Ou os senis, que não vão ler por justificado temor de perder para sempre o sagrado gozo da senilidade. Você já pensou nesse terror — oitenta e lúcido? Completamente *punk* — dentadura, peruca e hemiplegia afetando aqui assim todo o lado esquerdo — e lúcido? Quando o bom dos oitenta é fazer pipi na sala e passar a mão na bunda das empregadas? E ocasionalmente também na de uma ou outra de vossas matronais progenitoras (hi, hi, hi! onomatopéia)?

Agora efeito cinematográfico do letreiro do filme depois do início do mesmo, coisa que quando eles inventaram a gente achava um barato e até por um instante tirava a mão da coisa ou a coisa da mão, lá na torrinha do cinema Roxy. Onde o pau, literalmente, comia, assim que a luz apagava: positivamente os nossos anos dourados não foram os da tevê Globo — dava-se muito, sempre se deu.

IVAN THEMUDO PINHEIRO LESSA

Um escritor maldito? Sei lá. Uma mente conturbada? (E a tua, boneca?) Um gênio do mal? Um auto-exilado? Um exilado alto? Quem sou eu pra dizer? Que respondam os fichários do Dops, os arquivos dos dopes (*s.m. lubrificante, qualquer líquido ou semifluido usado como lubrificante; graxa*), as entradas e saídas das doganas aéreas internacionais (dá sempre vermelho pra mim e verde brilhante pro Ivan Lessa e Carlos, o Chacal — chacal e venezuelano, putz!), as cartas das malamadas — mas excessivamente comidas — exsubversivas subdesenvolvidas (com erros de português em várias línguas) e, imperdíveis!, os tabletes cerâmicos do escriba sentadão de Aphenotepis, à direita de quem entra no túmulo de Josaphaphá de Bethlehem (não confundir com Fafá de Belém).

De tudo isso resultará um espantoso retrato — falado ou não, mas é melhor nem falar. Uma orgia lingüística incomparável, uma criatividade agônica (*agonikós*) que não consegue se livrar de si mesma, recados incrivelmente sutis nas entrelinhas, desagradavelmente grossos no código alfabeta, cultura pletórica, exagerada, conturbada, extremamente bem assimilada (nem "como eles são grandes!", nem "eu sou mais eu!"), extremamente mal assimilada — a irritação fecunda que lhe dá o, *malgré-lui* (é assim que se diz em inglês?), ter que assimilá-la, na detestada constatada admiração, visível em qualquer texto, de que o mundo anglo-saxofonista algumas vezes já chegou lá culturalmente e, no Maranhão, com a exceção dos luminares José Ribamar Sir Ney e Josué Montello, inteiramente atípicos, estamos completamente em falta. Ivan.

Além disso Lessa. Estou pensando. Que mais?

Fescenino, fez-se menino, *andaroaínoseugramado, cachorro que late nágua latinterra?, jacaré no seco anda?,* você conhece o *Lochas?,* não conhece o primo do *Sunda!?,* essas dezenas de sacanagens fono-gráficas não vão morrer nunca no Bananão (já imaginaram, um país todo *kitsch?*) e, misturadas aos angli(cismos?) só entendíveis pelos (muito) iniciados em ivãnlessismos, Saudi Kensington, eu não maindo nada, Boyd Raeburn e Claude Thornhill, Zazazoo, zazazoo!, os nomes íntimos ou quase solilóquios culturais — jogando talvez pruma galera de raros, tipo Paulo Francis e Telmo Martino — recheiam a característica fundamental de um escritor que não escreve pra ser entendido mas pra se expressar e pra quem entender.

O diabo é que, em cada linha, perpassa (gostaram?, vou repetir: perpassa) aquilo que ele talvez mais odeie demonstrar — a nostalgia, definitivamente proustiana, de uma tarde infeliz (você aí, atleta, existe felicidade mais perfeita do que a intensa infelicidade passada?) em qualquer esquina do Bananão — no Jangadeiros, no banco *cara-de-pau* do Gozório, na casa da Tiloca, mãe de Nora, no pôquer do Jairo Leão, pai de Nora. E até mesmo no *Pasquim* e na fudida censura. Não se evita o *blasé* em que todos nos tornamos mas *fugit irreparabile tempus,* a vida passa, e de repente estamos chorando sozinhos no banheiro, último castelo do homem.

Isso tudo acabaria fatalmente dando em Joyce, ou em Burguess, ou mesmo no Euclides da primeira parte dos *Sertões,* a da terra terrível, se não desse em Ivan Lessa. Um *sir* humano apaixonado, de quatro andares e oito patamares, um *mezzanino* com uma clarabóia de vidro bisotado, e um sótão mal iluminado cheio de briqueabraque recolhido em várias gerações — ele é ressurgente e revivido —, tudo construído num beco-sem-saída do Soho, ali na entrada do São João Batista.

P. S. Se você adorou *A insuportável leveza do ser*, não leia este livro.

Ivan Lessa, escritor, é auto-exilado em Londres, desde 1978. *Garotos da fuzarca* é seu único livro. Nem precisava isso pra ser um dos maiores escritores do país.

Janeiro, 1995

A comédia da classe média

As 101 crônicas de *Comédias da vida privada*, de Luis Fernando Verissimo, compõem um desses raros livros que correspondem ao que diz a "orelha". Reproduzo, por não saber dizer melhor: "O território imenso, opaco, denso e impreciso da classe média. Seus heróis anônimos, os grandes e os pequenos gestos, a complicada engenharia familiar, as fidelidades, as mesas de bar, as angústias, o trágico e o cômico combinados na estranha sinfonia do cotidiano, salas de jantar onde são decididos destinos com a televisão ligada, vizinhos barulhentos, enfim..."

Só digo algo mais. Luis Fernando, não por escolha, mas por vocação, é escritor de um gueto — o humorismo. Em toda parte do mundo, curiosamente, o labéu, o rótulo *humorista*, continua sendo colocado em intelectuais como um sinal menor ou um "à parte". Nem adianta lembrar que símbolos maiores de intelectuais na França são Molière e Rabelais, na Irlanda e Inglaterra Swift e Shaw, e que o gênio ímpar da Espanha é Cervantes. No Brasil então, país que teima em ser subdesenvolvido apesar de oitava economia do mundo, humorista é autor de "peruadas", simpático, sim, divertido, sim, mas deixa pra lá: vamos discutir Guimarães Rosa, João Cabral, Kafka, e até Paulo Coelho e Fernando Henrique Cardoso — não que eu tenha nada contra, é material que também merece ser discutido seriamente. Mas no setor de secos e molhados. O editor Rocco sabe disso.

Previno o leitor: ao dar, como eu, insopitáveis gargalhadas durante a leitura (e olha que é difícil rir sozinho) de *Comédias da vida privada*, não esqueça que está diante do *magnum opus* de um escritor. Não se preocupe em como chamar ou em como chamam o livro: crônicas, contos, reflexões, piadas, críticas. E não acredite na aparente fragmentação. O livro é uno e denso. Ridente e reflexivo de ponta a ponta e pungente e metafísico inúmeras vezes. E você, da classe média (na verdade, os miseráveis excluídos, o mundo é uma gigantesca classe média), vai encontrar aí seu primo, glabro em todo o corpo e usando peruca até nos bagos; seu vizinho misterioso, colecionador de latas de sardinha; seu tio falido, que mantém corajosamente seu *status* à custa de velhotas suburbanas; e sua tia, puta evidente, visceral, que não realizou esse seu magnífico destino — morreu solteirona.

Verissimo cria tudo isso, ou nada disso (alguma coisa eu mimetizei, verifique), no seu estilo que é o que dizem bestamente de tantos — inimitável. Nenhum de nós, colegas de ofício, consegue fazer assim, desse jeito de quem não quer nada — característica também de seu desenho, aparentemente simplista, mas que retrata com penosa precisão a imagem da família média brasileira —, conformista cheia de poses rebeldes ou rebelde com sonso ar conformista — escolham a precedência. Mas isso não está neste livro; estou só lembrando.

Nascido, vivido e viajado (é um viajante incansável e pode sê-lo — só de saber de suas viagens eu fico extenuado) num mar de cultura, a cultura para Luis Fernando é tão natural quanto ver, ouvir e falar (bem, falar não, que ele não fala). O que nos obriga a uma pletora (êpa!) de informações para apreciar o total do que escreve. Muitas vezes devemos lê-lo como vemos hoje esses geniais estereogramas de computador, onde o aparente é esplêndido mas o escondido e subvisto é muito mais — leiam a página 284/5 e compreenderão o que eu digo.

Em muitas histórias, mínimas, minimalistas, há avessos de Dalton Trevisan; a mesma infeliz massa humana destinada ao nada. Mas, as do Verissimo, vivendo em casas arrumadas, banheiros limpos, e vista pelo seu lado risível (risível? Eu choro.). Como no Vampiro de Curitiba, embora não pareça, uma gente sem fim e sem solução — não há aqui nenhuma aventura possível. Mesmo porque, se a aventura surgir, o personagem morre na mão dos bandidos ou some na linha do horizonte — ao contrário de *Shane*, que sabe que o seu The End é o fim de um período histórico — sem sequer perceber que é um herói, embora menor, do alto do Malogro, morro do Grajaú. Sem falar que todos os personagens deste livro ainda têm a infelicidade de serem analisados por um analista como eu.

Em tempo: pelo menos 100 dos 101 textos do livro estão prontinhos pra serem transformados em momentos de televisão inteligente no dia em que isso existir.

Luis Fernando Verissimo é desenhista e humorista. Inventor de Bagé e outras cidades menos gaúchas, como Taubaté. Toca oboé, ou melhor, saxofone.

Junho, 1998

Anfiguri

A simbiose de Ziraldo com o pincel, ou que outra ferramenta use na produção do seu trabalho artístico, é absoluta. O resultado é de uma segurança que às vezes traz a tentação de dizer ao artista que só use a mão esquerda, dando uma oportunidade ao erro. Mas que adianta fazer canhoto um ambidextro?

Paralelo a esse instrumento integrado ao gesto da criação, está a rapidez de soluções técnicas e estéticas, arrancadas de um *stock* imenso de informação visual. Uma capacidade inata de combinações fulminantes. Tudo permitindo um volume de produção de que este livro mal pode dar idéia.

Nós, que o vimos chegar de Caratinga já rabiscando, pintando e bordando — no mais amplo sentido da expressão — e o acompanhamos por redações de jornais e revistas, agências de publicidade, estúdios de cinema e televisão, só nos lembramos do imenso material que ficou por aí, nas locas e tocas do tempo e nos perdidos da geografia existencial. Do que restou, este livro é uma parte que atravessa quase quarenta anos em que essa arte chamada de humorismo, de charge, de cartum, de desenho gráfico, e não sei que mais, assumiu no Brasil uma importância profissional e política inigualada, proporcionalmente, por qualquer outro setor da atividade plástico-intelectual.

Essa importância do humor gráfico no Brasil só foi atingida porque os poucos artistas que o praticavam eram neuroticamente exigentes, amigável mas furiosamente competitivos e, naturalmente, ladrões. Enquanto ridicularizavam a impotência do abstracionismo e o academicismo do figurativo, se apropriavam de ambos, em paródia e mimetismo. E Ziraldo, ansioso, fanático, incansável, se transformou num dos profetas de ponta desse humor gráfico. Rindo enquanto doía, realizou o máximo, a nossa *Última ceia* (dos pobres e dos bêbados), o enorme mural do Canecão*. Esse trabalho, um figurativo bem sacaneado, misturado a várias influências abstratas (temos, quase todos, a tentação de um abstracionismo que não ousa dizer o seu nome), está hoje sepultado por trás de uma parede de ignorância e subavaliação. Mas um dia Schliemann chega lá.

Olho o livro, desde os desenhos juvenis até os da fama internacional: em recursos plásticos é impossível usar um idioma que o Ziraldo não fale. Habita o mundo de todos esses loucos — Scarfe, Steadman, François, Gorey, Steinberg — expoentes de uma arte amadurecida no século, e, como eles, se apropria de todo o acervo visual, popular e erudito, da cidade e do mundo — lugares-comuns, conceitos formados, verdades estabelecidas, idéias feitas, argamassados a uma semiótica moderna desvairada, sinais dos tempos, fantasias — muita cor.

Com isso completa-se um livro cheio de imaginação e de mentira. Como a vida, que, se fosse de verdade, ninguém suportava ela. Nas suas mais fortes especialidades, o logo-

---

* Págs. 80 a 83: os garçons reais, no bar, no alto, à direita da pág. 81, são relação antropométrica. Em tempo: se o homem "é a medida de todas as coisas", meu pau é o sistema métrico.

tipo e o *poster* (fez centenas, alguns aqui), espalhados aos milhares em bares, restaurantes, muros, cinemas e teatros, Ziraldo conseguiu personalizar a platitude wildiana "a vida imita a arte", nos obrigando a dizer "volta e meia encontramos um muro, uma vitrine, uma tela, uma paisagem imitando o Ziraldo". Um artista que acabou sendo o significado e o significante de si mesmo.

Arte é intriga.

INTERVENÇÃO DO ZIRALDO

Como o Millôr previa, fui ao dicionário. Está lá, uma palavra que faz falta ao nosso cotidiano, português castiço. Anfiguri — inacreditável. Eu não conhecia essa palavra e não conheço ninguém que a conheça.

Ziraldo é humorista e desenhista e logotipista de Caratinga. E imuralista.

Junho, 1980

Retrato definitivo de
José Aparecido de Oliveira

O texto abaixo foi escrito por mim quando, se não me falha a memória (como falha!), José Aparecido de Oliveira cumpria seus primeiros quarenta anos. De lá pra cá, como alguns leitores devem ter notado, algumas décadas se passaram. Mas não há nada, do escrito, que se deva retirar, nem há papel suficiente para o que eu deveria acrescentar. Aparecido, apenas na carreira aferível, tornou-se Governador de Brasília, Ministro da Cultura, Embaixador em Portugal. Mas, o mais importante e original nesse período do seu caminho de homem público foi o devotamento com que se dedicou à luta pela Unidade dos Povos da Língua Portuguesa. Quando, como Embaixador em Portugal, se viu colocado no epicentro da lusofonia, pôs-se a trabalhar com uma energia e um entusiasmo que deixariam qualquer um cansado só de ouvir falar em suas andanças. Manter contatos permanentes — físicos — com todos os seis outros países da lusofonia, com os mais importantes e muitas vezes conflitantes líderes políticos, militares, sociais e intelectuais de países tão distantes entre si, é tarefa quase impossível. Sobretudo quando se sabe que os contatos nem sempre contavam com apoios das partes, e muitas vezes eram encarados com hostilidade.

Se não tivesse realizado outra coisa em sua vida diplomática e política, isso bastaria para consagrar José Aparecido como unificador de nacionalidades, usando o mais sólido e duradouro dos alicerces — a língua. Pois etnia é língua. Povo é língua.

Em minha vida jamais consigo evitar a presença de José Aparecido, mesmo quando ele está no Ceilão e eu no Amapá. Agora mesmo, no último dia 19, às 11 horas da noite, no Rio, peguei um copo de leite na geladeira, comecei a sorver lentamente o leite e, sem nenhuma atenção, apertei o controle remoto da televisão. Entrou o canal de Portugal, que eu jamais tinha ligado. Instantaneamente vi um jornalista português (do prestigioso *JL*) com um troféu na mão para ser entregue a José Aparecido, considerando-o o mais importante lutador pela lusofonia, e lamentando não poder entregar o troféu pessoalmente porque o homenageado estava impossibilitado de sair do hotel. "Mas", acrescentou o jornalista, "não é por isso que a homenagem diminuirá de brilho." E, na mesma hora, o troféu foi entregue ao digno representante de José Aparecido, José Fernando, um só seu filho.

Que ninguém duvide. O homem é ubíquo. E quando, como no caso, todas as circunstâncias querem impedi-lo de sê-lo, mesmo assim ele comparece, clonado na dimensão do mais legítimo dos nepotismos.

Acho que não é pouco. E só não conto mais, pois devo ser breve, como dizia o moribundo gentil. Quero apenas lembrar, aos que ainda não têm 30 anos, que 30 anos se passaram. Pessoas ficaram viúvas no momento em que os cônjuges faleceram, outros ficaram órfãos ao perderem os pais, muitos continuaram anônimos apesar de gigantescas coberturas de televisão, algumas guerras começaram e outras ainda não acabaram, em alguns locais os muros caíram, em outros barreiras letais foram erguidas sem que ninguém percebesse, as intimidades dos grandes passaram a ser públicas, mas José Aparecido continuou infiel a todos nós, realizando hoje o que ontem nos fazia acreditar ser impossível.

Nesse período tomou apenas a precaução de não usar mais a frase temerária que pronunciava sempre que algum jovem petulante surgia à sua frente: "Cresça e apareça." É que, dado o seu fascínio, o menino tomava a frase literalmente, crescia e aparecia.

SÍNTESE Cripto e solução, meandro com mil vias de acesso, astro e coadjuvante de seu próprio enredo, ponte entre a maioria silenciosa e a minoria estridente, cicerone de tantos destinos, manha mineira e manhã carioca, na hora e na vez José *depende siempre del cristal con que se mira.*

José Aparecido é isso aí mesmo.

Por Millôr Fernandes, cidadão honorário e defensor perpétuo ex-cathedra dos valores humanos, morais e urbanos de Conceição do Mato Dentro.

Junho, 1999

— Como, como comes!
— Como como como.

Depois do milésimo javali o homem se cansou de carne crua. Só lhe restava inventar o fogo, ou roubá-lo do céu. Fê-lo. E criou a cozinha, aproveitando a ocasião pra botar a mulher lá dentro e estabelecer a glória do machismo.

Neste livro, dez mil anos e 217 gerações depois, Dirce Tutu (valha o alônimo) Quadros recolhe os restos, requenta os restolhos e guarda as sobras do que lhe chegou de mais degustável e digerível no longo e saboroso esforço do ser humano por um prato mais belo numa mesa mais justa.

O livro, súmula declarada de lições antigas e refeições atuais, de condimentos clássicos e molhos pós-hodiernos, de experiências nacionais e alienígenas (oi, oi!), junta o seu útil ao meu agradável, faz da modéstia uma riqueza e traz preceitos de para sempre e um dia; cozinha tem que ser limpa, prática, o material tem que ser bom, e a coisa toda deve estar baseada num sentimento, mais que amoroso, lúdico. E é ludicamente, não ideologicamente, creio, que Tutu se recusa a prover receitas de lagosta. Brincadeirinha, humor, que ela faz o tempo todo, no livro, aproveitando aqui e ali o espaço e o tempo pra fazer também ocasional profissão de fé, definições de vida, *retorts* sem interlocutor. Como quem conversa, ou fala sozinho, enquanto cozinha. Acho que é isso.

Bom comedor que sou (não como demais), e bom bebedor (degusto cada gole, jamais me embebedo — bêbado não sabe beber), esta leitura me encanta. Filho de espanhol e neto de italianos, classe média do Méier, do tempo em que o Rio (antiga cidade brasileira, hoje desaparecida) era cidade maravilhosa (frase de um sergipano, Genolino Amado, lida diariamente no rádio por um paulista, César Ladeira), fui criado comendo bem, comidas de várias origens. Mesmo nos seis anos de miséria (meus pais morreram muito cedo) eu, nos sábados e domingos, podia escolher em que casa de tia ia comer, certo de encontrar mesa bem-posta e farta, de macarrão a pastéis, cozido, carne assada com batatas refogadas, douradas, onde foram as pita-fritas?, até vinho nacional italiano. E, no resto da vida, diariamente, o bom-bocado nunca me faltou.*

O livro *Delícias de Tutu* tem de um tudo. Se prestarem atenção, encontrarão, subliminarmente, rememorações de

---

* Em tempo: tive a sorte, viajando pelo mundo, ainda bem jovem, de algumas experiências gustativas simples mas curiosas. Comi meu primeiro T-bone no... Texas. Comi meu primeiro presunto de Parma... em Parma, num fundo de quintal, um tio afim me ensinando que o presunto só pode ser cortado com facão (exatamente pra, na hora de comer, preservar a pressão do palato) e o sacrilégio que é cortá-lo fininho nessas máquinas "mudernas".

E ainda guardo um momento inesquecível de primavera, viajando sozinho na Umbria: "Onde as auroras são pagãs e os crepúsculos cristãos." Num só dia, sem nenhum conhecimento anterior, descobri Orvieto; na Catedral, o emocionante Luca Signorelli, logo a seguir o pozzo de São Patrício, e depois, sentado numa pequena trattoria com teto de palha coando o sol amável, mesas com aquelas puras toalhas brancas, pedi um espaguete à carbonara e... descobri o Orvieto abboccato, delicado vinho de moça. Que não adianta importar — não é bom fora dali, não viaja bem.

grandes precursores: do já insinuado Prometeu, que, roubando o fogo do céu, permitiu os primeiros assados; de Noé, criador dos pileques comemorativos; das bacantes, que, não se decidindo entre a cama e a comida, inventaram o triclínio, mesa de refeição com três camas em volta; de Marco Polo, que trouxe da China o papel, a pólvora, mas sobretudo a pasta *asciutta*; de Vatel, cozinheiro do grande Condé, que, estragando o peixe do jantar em honra a Luís XIV, suicidou-se em Chantilly, hoje mais conhecida como creme; dos irmãos Orlov, amantes de Catarina, a grandissíssima, que por isso os transformou em vodca; de Dom João VI, que só não foi um magnífico garfo porque comia com as mãos; de Caramuru, filho do fogo e sobrinho do fogão; do bispo Sardinha, cujos restos os índios colocaram em vasilhames inventando o Sardinha em lata; da encantadora Marie Brizzard, que fazia seu anis no próprio tanque; da ardente Clicquot, que, para homenagear o marido morto, inventou o espocar da champanhe; de Lord Sandwich, precursor do McDonald's; do almirante Cook, famoso porque, quando seu navio foi ao fundo, salvou apenas a cozinha do Dr. Camembert, que dispensa apresentação; do príncipe de Soubise, que, com lágrimas nos olhos, fez a primeira sopa *l'oignon*; de Antonio Callado, que escreveu 800 páginas apenas sobre um banquete mortuário, o *Quarup*; e de todos os bebedores contumazes, deglutidores inveterados de uma boa vianda, críticos acerbos de acepipes malfeitos, glutões doidos por vitualhas, iguarias, comezainas, manjares, guloseimas, vinhos, uísques, poares, enfim, todos os comes-e-bebes deste mundo de Deus, que um dia há de nos cozinhar a todos no seu brando fogo celeste. Mas, eu gostaria que a autora me permitisse dedicar este prefácio principalmente a Grimod de la Reynière, que, no auge da Revolução Francesa, num dia em que o Terror decapitara 37 nobres, se queixava com profunda razão: "Que horror, meu Deus!, nem um badejo no mercado!"

Delícias de Tutu é mais um — excelente — exercício sobre a arte de comer, acho que a única atividade humana (podem pensar na pintura, no cinema, no artesanato, na música, na literatura, no que quiserem) que solicita todos os nossos cinco sentidos básicos: o ouvido, para o borbulhar de um vinho, o frigir de um peixe; o tato, quando se come uma pêra ou uma manga com a mão, ou se emprega o palato para esmagar uma fatia grossa de abacaxi, um presunto de Parma devidamente cortado; a vista, em tudo; o paladar, em tudo; o olfato, em tudo.

A única outra atividade humana comparável, em que também entram os cinco sentidos (chequem!) — é sexo. Mas isso (me repito) não tem receita.

P.S. No meio do livro a autora revela uma curiosidade não satisfeita por ela desde a infância: os peixes têm sede?

Respondo: nos meus tratados de peixologia consta que os peixes engolem água permanentemente pela boca, água devidamente filtrada pelas guelras. Se mesmo assim ainda têm sede, são uns chatos insaciáveis.

Março, 1994

Um olhar alagado

Enorme poeta, esse Manoel de Barros. Por nascer onde nasceu, nele o meio ambiente é biológico, genético. Lhe dá visão extremamente original. Que raros tangenciam. Tem característica comum, pouco notada, a artistas tão diferentes quanto Mondrian, Proust, Edward Hopper: uma inescapável visceralidade. Quase uma fatalidade.

Manoel não faz "gênero". Não é analisável. É o que é, não poderia ser outra coisa. É o que se lê.

Além de tudo, sem nenhum desdouro, Manoel é advogado.
Setembro, 1998

Aula magna*

Estamos aqui sentados para ver Maria Callas contar a vida de Marília Pêra. Digo isso para que ninguém se mantenha e se perca na noção de valores convencionais em que uns são primeiros e outros são brasileiros. Ou que o personagem é mais importante do que o personificador.

Marília merece ter sua vida contada por Maria Callas; é um gênio da arte de representar. E, como a outra, tem ocasionais certezas e constantes dúvidas sobre isso. Reage, reclama, mas, se há alguma injustiça contra ela, não está no palco, nem no cinema, em nenhum momento da arte que pratica. Aí, não importa o que ocasionalmente escrevam ou digam, seu pior momento é extraordinário. O saldo de apreciação profissional, admiração, paixão por ela, não é ultrapassado por ninguém no teatro brasileiro. Se há alguma injustiça contra ela só pode ser da vida, essa coisa à parte, menor, mas que faz e desfaz a felicidade das pessoas — e não inclui ou até mesmo é prejudicada pela glória, seja lá o que isso quer dizer.

---

* O título original da peça, *Master Classe*, foi preferido pela produção do espetáculo ao da minha tradução *Aula magna*, que acho mais bonito. Aliás, até os ingleses estão comigo. Chamam sua lei máxima de Magna Carta. Em "português".

Marília talvez jamais tenha conscientizado, mas acho que paga pela síndrome de chegar. Nascida e criada na poeira dos bastidores do palco, ela chegou, e chegou muito cedo. Penso que nem percebeu: sofreu o impacto sem o gozo. A glória tem dessas coisas, para suprema melancolia do glorioso. Se vem tarde já vem fria e, quando vem muito cedo, traz consigo a angústia metafísica: "E daí? Cheguei, há cem, há mil, há um milhão de pessoas me esperando, me aplaudindo. Cheguei, mas cheguei onde? Não há mais nada? Era só isso?"

A vida, além de curta, como todo mundo sabe, é pequena e perto. Pouco importa o que estejam dizendo de nós na França ou no Amapá, tudo isso é muito longe. E pouco importa o tamanho da festa, a felicidade é a mesa em que estamos com as duas, as três, as quatro e sobretudo a uma pessoa que preferenciamos.

Bom, apesar do que digo, não confundam, no espetáculo de hoje, a fúria ocasional de Callas, com a ira fortuita de Marília, nem confundam como humor de Callas o riso que Marília venha a lhes provocar. Ou confundam, se quiserem. Vale tudo e tudo se confunde mesmo quando um talento excepcional é clone de outro.

Hoje, aqui, agora, tenho certeza, vocês vão assistir a duas aulas magnas. A da interpretada — e a da intérprete.

Para o programa do Teatro Cultura Artística, São Paulo. *Master Class* foi dirigida por Jorge Takla.

Maio, 1996

Apresentando ao Brasil (orgulhosamente) o escritor português José Saramago

Amor nos tempos do cólera, de García Márquez, é um belo livro.

Memorial do convento, de José Saramago, é um livro definitivo.

Jornal do Brasil, 1986

Os saltimbancos do apocalipse

Aqui estão, afinal, exibidos pela primeira vez nesta cidade, os famosos humoristas amestrados do Rio de Janeiro. Aqui estão, senhores, pela primeira e última vez antes do estouro final, os nossos humoristas *bolshoi*, santos da graça, heróis do espírito, conjunto orquestral da sátira, grafistas do lúdico, concretistas do subjetivo, fazendeiros do ar, o máximo de ambição num mínimo de homens. Pois que ser humorista é, para nós todos, hoje, realmente, o máximo de ambição e o máximo, para dizer o mesmo de outra forma, de pretensão. Conseguimos, com a graça de Deus, humorista também Ele, e o auxílio de seu Filho, trocadilhista exímio ("Pedro, tu és pedra, e sobre ti edificarei a minha Igreja"), arrancar o humorismo da degradação em que se achava, subprofissão, subposição, submissão, e colocá-lo vivo, feliz e triunfante, no trono (ou comissariado?) que lhe estava reservado dentro da própria estrutura do ser humano, *homo faber, homo sapiens, homo ludens*. E talvez que, um dia, atinjamos então o objetivo derradeiro: o Espírito Santo.

Conseguimos, nós todos juntos, os Borjalos, os Fortunas, os Ziraldos, os Jaguares, os Claudiuses, e muitos outros, que o espaço permite citar mas eu não quero, formar desagrupado grupo cheio dessa sagrada fé que se chama humor e, pois, alegria de viver, que se chama humor, e pois, a certeza de que somos a filosofia das filosofias, acima do metafísico, acima do meramente humano e, sobretudo, acima dessa terrível mediocridade que empolga o mundo no momento — o problema social, o qual só não está resolvido até agora porque o homem político continua dominando o mundo com sua estupidez, baixeza, mesquinhez, torpeza, bota aí. O homem político, todos sabem, é um anti-humorista nato.

Mas, como íamos dizendo e fomos interrompidos com a passagem daquela recém-nascida com 18 anos, colocamos nossa ambição e pretensão acima de tudo isso, porque aspiramos ao supremo gênio da espécie humana, que é o Caráter. Aspiramos ao supremo gozo da alma humana, que é a Bondade. Aspiramos à suprema perfeição do Ente Social que é cumprir o seu dever sem exigir, a toda hora, o seu direito.

Parecerá ao leigo (nome com que os educados tratam o imbecil) que é muita ambição para pouca exposição. Mas cada desenho aqui exposto corresponde a dez mil ações de cada um de nós, pois o que menos fazemos, nós, os humoristas, é humorismo, o que menos praticamos, nós, os desenhistas, é desenhismo. O de que gostamos mesmo, e a nossa arte, ou profissão, contribui para valorizar, é do gosto de viver, beber, comer e outros verbos terminados em er. Amamos, em suma, a delícia de viver nos trópicos, a última corrida de touros em Salvaterra, o vento que batia no rosto dos heróis na derradeira carga da brigada ligeira, em Balaclava, o sabor desesperado e amargo de um amor impossível, e, mais que tudo, o preenchimento supremo dessa aspiração maior do homem que é a vagabundagem, o lazer absoluto e total, o mergulhar em si mesmo, ensimesmar-se, olhar o céu, pisar no chão, não fazer absolutamente nada.

Esse dia virá, irmão. Sim, irmão, nós o defenderemos, nós prometemos, nós, os humoristas, esse dia, para todos, um dia. Nós, que já o temos, que já o conquistamos. Nós, que já temos o poder de olhar sem objetivo, de fazer sem compromisso, de criar sem função preestabelecida, de andar sem destino. Nós, que já estamos dentro da utopia com que sonha todo ser, todo santo, todo poeta e cidadão — divagar.

Divagar e sempre.

Apresentação, em São Paulo, de um grupo de humoristas cariocas.
Abril, 1961

Um Noel nada róseo

Maciço, com dois quilos e trezentos (ou trezentas) gramas (formato duplo, 533 págs., equivalentes a 1.500 páginas de um livro comum), com bela apresentação gráfica (na contracapa ótima autocaricatura de Noel, da coleção do ex-presidente Figueiredo — ninguém é imperfeito), emocionante iconografia, pesquisa exaustiva, *Noel Rosa, uma biografia*, de Carlos Didier e João Máximo, dadas as limitações econômicas, a ausência de arquivos oficiais e a diluição das fontes de informação, é o melhor que se pode fazer em matéria de *scholarship* no Brasil. Michael Holroyd, que recebeu (de adiantamento!) US$750,000.00 para escrever a última biografia de Shaw, e tendo por trás o aparato universitário inglês, não fez melhor.

Do livro emerge um Noel não só dramático, trágico. Todos sabíamos do trauma do nascimento (arrancado a fórceps) que lhe deixou o queixo deformado para o resto da vida. O defeito impedia Noel até de tratar dos dentes (que foram se deteriorando cedo) e de comer, em parte por questões mecânicas, em parte por vergonha. Se alimentava basicamente de papas e comidas fáceis de deglutir. Enfrentou próteses que só o fizeram sofrer, resultaram inúteis. Pequeno, franzino (50 quilos no seu maior peso), Noel, no entanto, era alegre, cheio de picardia, audacioso nas suas zombarias até físicas de outras pessoas — não parecia temer revides no seu telhado de vidro. Enfrentava, com uma constância de quem desafia, ou procura, punição (haja Freud!), o pesado conservadorismo dos mestres do São Bento, onde estudou cinco anos. Aluno, pode-se dizer, lamentável, só se formou por decreto, em 1925.* Extra-aulas, porém, já dava todas as demonstrações do seu gênio, nesse momento mostrado quase que apenas na irreverência, iconoclastia, insopitável vocação para a marginalidade.

Sou fascinado por marginais. Vejam bem, não os milhões de marginais que são condenados a isso (mesmo entre esses há tipos extraordinários), porque a sociedade não lhes dá outra condição, nem o falso marginal — desprezível — picareta esperando apenas uma boca pra se arrumar. Autêntico é Fagundes Varella (Leonardo Fróes. *Um outro Varella.*), que tinha todas as condições pra ser "um homem de bem" e visceralmente recusou isso, acabando, literalmente, na sarjeta. Noel também jamais se sentiu perfeitamente integrado, a não ser nos meios mais destituídos, ou mesmo desprezados, pela sociedade.

Foi parceiro de Francisco Alves — quase sempre forçado (a figura do genial cantor popular sai muito mal no livro de

---

* Noel é reprovado em geografia, por não ter comparecido à prova no São Bento, em 25 de março de 1925. No dia seguinte morria meu pai, na Rua Theodoro da Silva, 153, apenas meia dúzia de casas distante do *Bangalô* ou *A casa da vó Rita*, onde morava Noel. O cadáver, como se sabe, era velado em casa. É emocionante imaginar que esses vizinhos modestos, mais tarde tão ilustres, tiveram conhecimento da morte de Don Paquito, aquele espanhol boa-pinta, sempre bem-vestido, cuja filha mais velha, minha irmã Judith, estudava na escolinha de Dona Marta, mãe de Noel. Com 14 anos de idade, onde andaria Noel, nesse dia?

Máximo-Didier), nunca seu amigo. Foi parceiro do elegante e correto (e também genial, "enquanto" cantor) Mário Reis, nunca seu amigo. Mas foi irmão de Cartola, a quem, o livro faz acreditar, adorava. "Quando as coisas não estiverem bem na cidade, os dissabores, as ingratidões (...) é prali que ele correrá. Aquele humilde casebre, perdido entre tantos da Mangueira, é o seu refúgio. Deolinda, a mulher de Cartola, chega a dar banho em Noel, quando este é derrubado pela bebida."

À medida que o passo da história se apressa, a doença não mencionável (tuberculose) avança, o sucesso surge e aumenta sempre, a vida se enovela. O encontro da vó Bella enforcada no quintal é um trauma talvez insuperável. E, mais tarde, também por enforcamento, há o suicídio do pai. As mulheres são abrigo e angústia permanente — as de passagem, as relações emocionadas mas inconstantes, e as complicações sem solução entre as constantes até o fim, Fina, Ceci e Lindaura, esta, afinal, sua esposa e viúva.

Pela vida (pelo livro) passa toda a história do Rio desses anos. As modificações urbanísticas feitas por Pereira Passos tinham verdadeiramente transformado o Rio na Cidade Maravilhosa.* Dizem que a música com esse nome é de Noel e não de André Filho, os autores do livro não ratificam. Havia uma autêntica e apaixonante cultura popular (não essa atual, que vive chorando verbas), Noel no centro dela. No centro dela porque, homem de razoável cultura (a que absorveu nos cursos e em leituras ocasionais, na biografia ninguém lê muito, ou nada) e eleito pelo gênio, tem aquela ânsia de viver e de criar dos que se sabem marca-

---

* Eu sei. Eu vivi nessa cidade, hoje desaparecida.

dos pelo tempo. Quer participar de tudo. Não se cuida, nunca vê o sol, dorme em qualquer quarto vagabundo, não se preocupa sequer com a higiene, compondo, compondo sempre, pra tudo e pra todos, por dinheiro e sem dinheiro, a maior parte das vezes nem se importando com que seu nome saia nas composições.*

Começando com paródias melódicas do Hino Nacional (comparem "Ouviram do Ipiranga as margens plácidas" com "Agora vou mudar minha conduta") tem pelo menos 50 indiscutíveis obras-primas: "Com que Roupa", "Até Amanhã", "Conversa de Botequim", "Dama do Cabaré", "Gago Apaixonado", "Positivismo" (com Orestes), "Silêncio de Um Minuto", "Feitiço da Vila", etcétera, etcétera, etcetera, sem falar, no final, o testamento — "O Meu Último Desejo".

O contrastante é que esse homem que, nas músicas, jamais se deu ao sentimentalismo, havendo sempre profundo e original tom de humor em todas elas (era chamado "O Bernard Shaw do Samba", uma besteira que não tem nada a ver), foi se isolando mais e mais, preferindo sempre a companhia de malandros, proxenetas e decaídos de toda espécie. Só se entregou por pouco tempo, no final, aos cuidados da família, e da mulher, Lindaura. Numa pensão em Piraí, onde foi pra descanso, tem uma hemoptise. É salvo por um gesto instintivo de Lindaura, que lhe mete a mão na garganta e arranca de lá um coágulo mortal. Os dois, ainda manchados de sangue, Noel semimorto, conseguem um táxi humanitário que os traz de volta ao Rio. Ainda vêem a dona da pensão que, sem esperar a saída dos dois,

---

* Autenticadas, os autores levantam 250. Caymmi, gênio de outra linhagem, compôs 100 em 50 anos de atividade.

põe em frente da casa o colchão de Noel, enche-o de querosene e taca fogo. Uma dessas cenas patéticas com que o destino presenteia sempre os que escolheu como seus sublimes. No Rio, Noel morreu pouco depois, ironicamente, ele, que tanto procurou a marginalidade, no mesmo quarto em que nasceu, fechando o circuito da perfeita integridade existencial.

Noel Rosa, uma biografia é um livro definitivo no que prova que Noel é definitivo.

Noel Rosa foi o carioca, de 1913 a 1940.

Sônia Ludens

*F*aber, o que faz, *sapiens*, o que sabe, *ludens*, o que, em sabendo como fazer, e fazendo como sabe, se diverte paca com o entrosamento dos dois: o ser humano lúdico.

Daí Sônia Ludens. Que chegou para o que chamam de arte com experiência existencial plena, clara, satisfeita. Com encanto e envolvimento com cultura em seu sentido mais amplo, aquele a que sua faixa social e sua sensibilidade pessoal a levaram naturalmente. Quando percebeu — se é que parou pra perceber — estava pronta. Não foi conduzida à arte pelos caminhos habituais da amargura e da frustração. Assim é fácil.

Sônia Lins *Ludens* dá-me a impressão de que começou a desenhar, a escrever, a colecionar recortes e idéias os mais diversos, como quem desenha, escreve e coleciona idéias e recortes os mais diversos. Se é que me entendem. Gozando com o lúdico absoluto, frenético, aquele impulso que os sábios que pesquisam o fundamento da alegria, do jogo, do brinquedo descrevem como uma descarga de excessiva energia vital, satisfação do espírito imitativo, do que, não se sabe.

Mas que aqui está, achamos, neste conjunto, nesta *instalação*, nesta proposta. Uma dinâmica. Um convite à participação. Aquilo que pode ser o homem em processo, ou melhor, a mulher em transe. Amálgama de núcleos existencialmente explosivos. Fusão e imantação de partes. A sombra de uma idéia, o lúdico acobertando o leviano. Tão certo quanto nada é certo.

Quem tiver olhos ouvirá. Os que escutam verão. Os que sabem calar sairão cantando: o homem é um homem ou o resto de uma intriga?

E evidente que, fazendo isto, Sônia se divertiu muito.

Divirtam-se.

Sônia Lins é artista plástica no sentido hoje indefinível da palavra, colecionadora de fatos e curiosidades. Autobiográfica.
Setembro, 2002

Henrique de Souza Filho
Nota pra exposição póstuma

Evidentemente um iluminado, Henfil, raivoso, lúcido, claro, foi dotado da graça especial da criação — onde apontava seu dedo de Criador fazia cair sobre os ratos o raio do riso vingador e brotar a comunhão dos injustiçados. Pagou por isso com o preço da tragédia.

Os deuses, ninguém ignora, são invejosos.

Novembro, 1999

Nássara, ainda e sempre

Tudo resumido, Nássara foi maior artista gráfico do que compositor popular. Como compositor popular ninguém o nega porque o teste final da música popular é... ser popular. Mas, como o tipo de artista que ele é — quase pejorativamente chamado de humorista —, é relegado ao gueto de que sempre falo. Canta-se Nássara em todos os carnavais, mas só agora, devido a profissionais do mesmo ofício, Jaguar (o primeiro a redescobri-lo), Loredano (que lhe fez uma pequena e carinhosa biografia), Chico Caruso, seu animador de todas as horas, e este tribuno que vos fala, amigo desde os tempos em que a Cinelândia era gloriosa (toda de confeitarias e cinemas e mulheres passeando de chapéu, ó Proust!, antecipando a glória da Via Vêneto), o pessoal começou a se aperceber da outra face de Antônio Gabriel.

Pois, apesar de campeão de carnavais, Nássara era melhor como paginador — ainda não se chamava *designer*, quase sempre pura mistificação onomástica. Foi "paginador" de várias publicações, entre as quais *O Cruzeiro* em sua melhor época, e no suplemento de *Última Hora*, FLAN, a melhor fase de Nássara paginador. Mas onde Nássara atingiu o gênio (esta palavra está desgastada mas aqui não pode ser evitada) foi na caricatura pessoal. Permanentemente moderna há mais de cinqüenta anos, *clean*, partindo do nada

— quase todos os caricaturistas partem, consciente ou inconscientemente, do "retrato", da figura. Em Nássara era comum não reconhecermos o personagem retratado até que alguém — em geral um profissional — dizia: "É fulano!" Imediatamente o *portrait-charge* se transformava no fulano. Não me lembro de Nássara ter errado uma.

Tive oportunidade de falar com alguns editores de jornal, para contratar Nássara para fazer caricaturas de todas as celebridades devidamente célebres. O jornal ficaria com um acervo maravilhoso e poderia substituir pelos desenhos únicos de Nássara esses retratos lamentáveis que encimam artigos, nos quais os autores têm sempre caras de quem morreu há muito tempo. Ou de bunda, o que vem a dar no mesmo.

Mas olha aqui, comentaristas (João Máximo, grande pesquisador, é com você também), Nássara não tem influência de Mondrian (talvez eu seja responsável por esse equívoco porque o chamava de Mondrian do *Portrait-Charge*, mas isso são outros quinhentos), nem de Matisse, e muito menos, Deus do Céu, de Grosz. Tem, sim, espantosa semelhança com o desconhecido Grove. Leiam e vejam abaixo:

MONDRIAN Embora sua neurose pró-geometrismo — "sinto vômitos ao ver uma linha curva" — possa se comparar ao gosto de Nássara pelo tira-linhas, a fase definitiva de Mondrian (a do *Boogie Woogie*) só aconteceria nos anos quarenta, quando Nássara já era profissional maduro. Teria havido influência?

MATISSE Será que a Fera (fauve, a quem se deve o fauvismo) influenciou o nosso Nássara? Matisse nunca aderiu ao cubismo, e seus desenhos e pinturas de recortes são quentes e românticos. Não têm a decidida frieza gráfica de Nássara. E foram feitos já no fim de sua vida, nos anos 50.

GROSZ Absolutamente nada a ver com Nássara. E sua arte (desenho e pintura) alcança uma dimensão social-política que Nássara nunca alcançaria. Qualquer um de nós, atuantes pós-Nássara, é trinitrotolueno diante da suavidade das críticas de Nássara. Nássara sempre foi comentarista delicado do que via da vida política. A violência satírica de Grosz, constante e intransigente, lhe valeu o título de *inimigo número 1* do nazismo, título que o malandro do Brecht, especialista em malandragens, usurpou. Exilado nos Estados Unidos, a vida de Grosz foi dramática. Tive a oportunidade de ver a única exposição que realizou aí, em l948, com a qual obteve apenas 3.500 dólares.

GROVE Francês, William Grove foi um clone indistinguível de Nássara. Desenhou em jornais de Paris, em data imprecisa. Seu tom é ameno, como o de Nássara. Sua arte não atingiu mais do que os delicados desenhos aqui reproduzidos.* Seu nome não figura em nenhum registro enciclopédico francês. Só sei que esteve no *Stalag VII A* — campo de prisioneiros de guerra — de l940 a 1943. Portanto seu trabalho deve ser posterior ao de Nássara. Por que — eternos subdesenvolvidos — jamais admitimos que podemos influenciar os outros?

Nássara nasceu na mesma rua em que nasceu Noel Rosa, Theodoro da Silva, e no mesmo ano, 1913. Ali morreu meu pai, 1925.

Novembro, 1984

---

* Jornal *O Dia*.

Mollica propõe

Na mostra de seu trabalho Mollica afirma, basicamente, uma proposta: *jacaré no seco anda*. Nem pintura, nem escultura, nem desenho, nem fotos, nem colagens, nem *happening* (na forma de capoeira), embora, aparentemente, creio que para enganar os espertos, tudo isso esteja incluído. *Que time é* (o) *teu*? Ele quer dar ponto final, sentido geral, e, paradoxalmente, há um nervoso neurótico no seu negar a comunicação — uma ânsia dorida de se comunicar; o retrato do artista as a *lung man*. Cachorro que *late nágua, late em terra*? Idéia é o conjunto. O que é que é isso? Chouriço. Mas eu pensava. Pensando morreu um burro com cangalha e tudo. Ué, como é? Sendo. Pera aí, e agora? *Caga na mão e bota fora*. Mas deixa eu ver. Não tem vista nem revista, nem nariz de lagartixa. Mas eu vi ela. Viela é um beco sem saída. Então vamo-nos. Vamos nus, porém vestidos. Veremos. Isso dizia o cego e caiu no buraco. *Andaraí no seu gramado*.

Mas a proposta de Mollica aí está. Na mesma aflitiva e frenética "expulsão" com que na infância fazíamos os nossos terríveis jogos de palavras, escondendo nas frases mais simples a repressão sexual que nos impediam de expor — *jura que a cabeça do pinto é dura?* — ele tem-tenta a sua audácia. A minha dúvida é: ainda haverá audácias? Esse é o último risco dos audaciosos no finalzinho do século XX —

tentar provocar indignação e receber a afronta de uma aceitação tranqüila. De qualquer forma sempre nos resta o Albee: "Os loucos não envelhecem."

RETRIBUIÇÃO

Mollica, do planalto cheio de arestas da sátira gráfica, que tantas vezes nos ferem até mais do que ao satirizado, salta no abismo da furiosa experimentação (pós-moderna?). Eu, pré-antigo, aplaudo a audácia, mas não posso julgar — pois Mollica diz que sofreu influência minha. E, honrado embora, me apavoro — sou um homem influente!

Mollica é desenhista e arquiteto.

Junho, 2000

Um espadim numa exposição de objetos mais importantes

Este espadim, que vive pendurado em meu estúdio, é presente de um dileto amigo, Fuad Sayone. Chegou às mãos dele através de um bisavô, soldado do Exército Brasileiro que teve atuação heróica durante a gloriosa Guerra do Paraguai, sobretudo na batalha de Serro Corá. Promovido a sargento, Venâncio Ibn Ibrahim Sayone, esse bisavô, tornou-se comandante de uma milícia na fronteira da Colômbia, no início do século. Foi aí que, em duelo mortal, tomou essa arma das mãos de um facínora colombiano, Ramírez Escobar, que iniciava então florescente império de coca. Na hora de morrer Escobar pediu a Fuad que tratasse da espada com todo desvelo. E fez questão de entregar a Fuad preciosa documentação em que ficava provado que o primeiro proprietário da arma foi José Francisco de Lacerda, é, esse mesmo, o cabo Chico Diabo, matador do ditador Solano López, "Chico Diabo, que do diabo Chico deu cabo", como canta o verso popular.

EM TEMPO Claro que essa história não é verdadeira. Mas olhem em volta, a história das outras peças expostas, e me digam o que acham delas.

Numa exposição de objetos de estima de pessoas famosas (eu famoso, hein, mãe?) coloquei, de sacanagem, o espadim que me foi presenteado por Fuad Sayone. Deu como brincadeira, pra que eu usasse na minha posse na Academia (brasileira de letras) que eu, também de brincadeira, reivindicava quando vagasse a cadeira 38, de José Sarney.

Fuad Sayone é professor, ex-deputado por Minas, renunciando ao mandato com a promulgação do AI-5. Grande humanista.

Julho, 1992

Ternas, eternas serestas

Paulo Fortes, barítono, é, por definição, um erúdito (assim, proparoxítono). Nunca um erudito (assim, paroxítono). Erudito, no caso, é aquele xiíta da música antigamente chamada clássica, incapaz de cantar "Mamãe, Eu Quero" mesmo no banheiro, com medo do patrulhamento da contralto do banheiro vizinho (ou, quem sabe, do mesmo?).

Erúdito é o que não está nem aí, brinca nas sete. Com toda sua formação erudita, Paulo Fortes a vida inteira cantou tudo que lhe veio à garganta. Muito antes de Plácido, Carrera e Pavarotti abalarem a caixa registradora de Caracala com "Marias Bonitas" e "Soles Mios", eu já ouvia Paulo Fortes misturando "Traviatas" com "Chãos de Estrelas" e "Toscas" com "Luares Cor de Prata". Um barítono seresteiro. E, apenas para que o espectador que lê isto não pense que estou improvisando um elogio, como é comum em apresentações, lembro que o título deste show, *Ternas, eternas serestas*, foi dado por mim a um disco de Paulo, há muito, muito tempo. Shhh, agora escutem.

Paulo Fortes, belo tenor, alegre até o fim (1927-1991).

Gilda — um projeto de vida
(*Design for Living*)

Há um milhão, quinhentos e vinte e cinco mil anos, nossos primeiros pais explodiram no mundo nova e sonora concepção, destinada a permitir que todos os seres se comunicassem da maneira mais ampla, mais vária, mais bela, com a mais extrema e emocionante liberdade.

Hoje estamos aqui empenhados em testar se este tablado ou qualquer outro reservado à mais antiga e dinâmica forma de expressão pode ou não perdurar.

Assim, dedicamos este pequeno trabalho a todos aqueles que, através dos séculos, deram seu talento e seu esforço para que a suprema forma de comunicação falasse sempre mais alto e penetrasse sempre mais fundo.

Porém, no sentido mais justo, não temos como dedicar, ou consagrar, este espaço. Esses irmãos maiores, vivos e mortos, que passaram por outros espaços iguais, já enobreceram a mesma idéia de tal forma que nada lhe podemos tirar ou acrescentar.

O mundo não notará, e vocês nem lembrarão, o pouco que vamos dizer aqui. Mas o mundo jamais esquecerá o que eles, os que nos antecederam em tantas inigualáveis ocasiões, e de tantas formas diversas, nos disseram e nos legaram.

É nosso dever, e de outros com o mesmo sentimento, a tarefa de continuar o trabalho — para sempre interminável — que, com tanto talento e alegria, eles trouxeram tão longe.

Cabe-nos apenas repetir, reinterpretar, e passar adiante, a voz e o verbo. Mostrar que nossos antepassados não trabalharam em vão, e que o teatro da palavra, pela palavra e para a palavra, não desaparecerá das luzes da ribalta.

Millôr "Gettysburg" Fernandes

Apresentação para minha adaptação da peça de Noel Coward.

Fernanda Montenegro é atriz, além de tudo o mais.

Julho, 1994

Nesta data escrevi esta apresentação que, espero se perceba, é uma paródia do mais famoso discurso de Lincoln. Defesa veemente da palavra no teatro.

Chico — o Caruso

Com referência a artistas e intelectuais tenho razoável desagrado pelas expressões *gênio*, *é o maior* (nisso ou naquilo), *revolucionou* (isso ou aquilo). Minha abjeção vem do fato dessas palavras ou expressões serem usadas já não digo por insinceridade, nem sequer por modismo — por automatismo.

Olho mais uma vez os trabalhos do Chico de sua *última fase* (outra expressão prostituída, troquem por *nos últimos tempos*), aqui expostos, cobrindo o dia-a-dia nefando de nossa política — que ele mostra estúpida como é. Não há o que discutir — Chico é um desenhista e pensador gráfico genial (pronto, lá vou eu!). Tem a sorte de, sendo ótimo, não ser hermético. Seus desenhos e idéias podem ser entendidos em sua mensagem (pára com isso, Millôr!) e apreciados plasticamente tanto pelo mais culto congressista (!) de Brasília quanto por sua empregada doméstica — nessa ordem hierárquica; as empregadas domésticas fazem um trabalho útil, visível e aferível, até comível. Os congressistas em seu *optimum* são inúteis. No seu normal comem o país.

Humoristas — escritores, comediantes ou desenhistas —, quando realmente bons, não trabalham com andaimes. O leitor sente — embora quase nunca saiba analisar — quando o escritor, para atingir a sua graça, fez demasiado esfor ço de preparação, que o comediante construiu demasiadamente o seu tipo, tornando-o rígido, que o desenhista desenhou e redesenhou o seu boneco ou sua cena, até torná-los reconhecíveis e compreensíveis. E reage negativamente ao resultado inferior.

Exemplo de profissionais do humor cujo trabalho tem total naturalidade e conseqüente eficiência — o escritor Luis Fernando Verissimo, o comediante Jô Soares e o desenhista Chico, aqui exposto.

Chico não usa andaime, nem rede de segurança, nem teme o público — é um contorcionista do traço, tão elegante e moderno quanto um saltibanco do Cirque du Soleil. Faz o seu trabalho em qualquer lugar, em qualquer ocasião, com qualquer material, em qualquer posição: diante de seus colegas jornalistas, diante de inimigos políticos, em casa de amigos, nos restaurantes hostis de Brasília, sentado numa poltrona confortável, num degrau de escada, ou numa mesa de cozinha. É um privilégio vê-lo, em qualquer lugar em que esteja, pegar o primeiro papel, ou guardanapo ou cartão que esteja à sua frente e, com a caneta Montblanc que o iupe paulista puxa do bolso ou o lápis rombudo que o garçom lhe dá, começar a rabiscar compulsivamente, de tempos em tempos sorvendo um gole de uísque para estimular a arte — com uma olhada em volta conferindo o local que já fixou ao entrar.

Através dos já muitos anos de nosso convívio diário não perdi o prazer de ver Chico, calado enquanto *nosotros* jogamos conversa fora, desenhar as pessoas e os ambientes em que nos encontramos. O material ocasional que usa nesses momentos — ao contrário do material profissional de que dispõe no estúdio e na redação — modifica inteiramente a sua arte, aumenta sua inventividade gráfica, força-o a um tratamento, um tracejar e um acabamento diferentes, e surpreendentes, acredito que até pra ele próprio — "Pô, não é que eu sou mesmo batuta?" Inúmeras vezes o desenho feito assim, "amadoristicamente", é superior ao já notável trabalho profissional publicado em jornais e revistas. Obras-primas que ficam guardadas nas gavetas dos amigos — há várias na minha mapoteca — e conhecidos ocasionais, e que vocês jamais conhecerão. Lamento.

Tenho por Chico Caruso a mais indominável e sincera das admirações — a inveja.

Chico Caruso é desenhista, e arquiteto. Ah, e cantor. E irmão gêmeo do irmão dele, Paulo também Caruso.
Maio, 1997

A aventura Pingarilho

Pingarilho, o arquiteto, seu talento e circunstâncias, conheço desde o tempo em que todos eram vivos. Mas ele não me mostra projetos nem realizações de arquitetura no novo mundo da Barra. Me leva por uma rua modesta, subimos alguns degraus bem íngremes, abre uma porta numa pequena casa doméstica (a definição é minha). E eu, que vim aqui de ouvidos abertos e preparados para escutar suas novas músicas e começar com ele uma parceria de estrondoso sucesso (quem duvidar que espere alguns anos), sou aturdido visualmente pelo deslumbre de cores do pequeno estúdio, onde não há espaço vazio — pinturas, desenhos, esculturas, objetos utilitários ocupam tudo.

Bem, o resto é o resto, as pinturas estão aí. Não sei classificar nem gosto de classificações. E nem dá; Pingarilho é um eclético que passeia entre um figurativo desconstruído — é assim que se diz? — e um abstracionismo que não escapa da realidade. A variação é uma síntese de seus sentimentos e experiências vitais, não uma ideologia pintada. Arte que exprime o artista. Sincera. Com base na disciplina da qual o arquiteto não pode se afastar senão a casa cai. Pintura também. Mas quase ninguém percebe.

Não parece, mas precisa ter coragem pra fazer pintura bonita no momento da suprema valorização histórica da arte feia.

Pingarilho, arquiteto, pintor e homem-do-mundo. E sedutor. Sobretudo na Áustria.

Setembro, 2001

Lyra, a emoção de sempre

O último disco do Carlos Lyra tem o título *Carioca de algema*, tirado de uma das 14 letras que fez junto comigo pro musical *Vidigal — Memórias de um sargento de milícias*. Como afirma o famoso dístico na porta da ABL, "esta é a glória que fica, eleva, honra e consola". Estou, claro, me referindo à glória de ser parceiro de Carlinhos. Pois, com Vinicius de Moraes, ele compôs — e bota composição nisso! — uma das maiores parcerias da música popular brasileira, só comparável à de Tom com, outra vez, Vinicius. E, sem possibilidade de discussão, Carlinhos é a pedra fundamental, o alicerce, a estrutura, a fachada, a cumeeira e os fogos de artifício da inauguração da Bossa Nova — junto com Menescal, Tom, Vinicius e João Gilberto.

Somados a eles, não se pode esquecer, é claro, Nara* e seus joelhos, Ronaldo Bôscoli (o Cometa, sempre seguro no rabo de uma estrela), Chico Feitosa (Chico Fim-de-Noite), Silvinha Telles, Baden Powell e Newton Mendonça

---

* Em cuja casa, segundo Ruy Castro, começou a Bossa Nova. Carlinhos e eu temos certeza de que a Bossa Nova nasceu foi na casa de Bené Nunes, na Gávea, onde o mundo da música carioca entrava e saía sem pedir licença. A casa de Bené ficava aberta madrugada adentro, até o último "cliente".

(que morreu logo mas deixou um dos ícones da BN — o *Desafinado*).

Como diria o falecido Ibhraim Sued — que triunvirato!

P.S. E é só. O resto está neste claro, preciso e nostálgico *CDbook*. Apenas como pequeno adendo histórico-mitológico, pesquiso e lembro que foi com a música de sua lira que Anfion criou Tebas. Também com a lira, Anfion encantava os golfinhos. Quando tentaram afogá-lo, os golfinhos carregaram o bardo e o colocaram em Tenaro, são e salvo. Hércules aprendeu a tocar lira com Linus. Mas, irritado por levar pau no fim do curso, quebrou o instrumento na cabeça do mestre que ali mesmo esticou as canelas. Orfeu, ninguém ignora, foi o máximo no instrumento — enfeitiçou até os deuses infernais com o som de sua lira. As montanhas caminhavam até ele e os rios paravam para ouvi-lo.

MORAL Ninguém é Lyra impunemente.

Carlos Lyra, além de tudo que se sabe dele, sabe tudo de astrologia moderna, essa que coloca os astros em seu devido lugar.

Maio, 2000

Cássio, o Loredano, artista de ida e volta

Fragmentado. Cigano. Olhar espantado de quem não se surpreende. Loredano, homem de idade indefinível, no momento em que escrevo entre os trinta e os sessenta. Carioca, foi logo, assim que nasceu, pro Paraná, São Paulo, Minas Gerais, mundo. Pode? Só voltou 24 anos depois. Tenho uma explicação, que os lacanianos, do Sokal, não aceitariam: desenhista visceral, de 48 a 72 Loredano procurou armazenar, antes que fosse tarde, 24 anos de ponto-de-fuga. Construindo seu espaço próprio de melancolia. Dando continuidade a Ivan Lessa — ninguém mais carioca — que um dia se mandou pra sempre, pra eterna Albion. E ficou lá, e está lá, nessa Inglaterra, também há 24 anos, pra poder curtir melhor seu tempo de Rio. E não apagar da memória a encantadora Fada Santoro, o charmoso Dick Farney, nem as maravilhosas moças do Sabonete Araxá. Que, todos sabem, só davam pros rapazes do sabonete Eucalol.

Muito disso — devidamente maceteado — está em Loredano.

Teorias e teoremas à parte, me pergunto: como é que um carioca *vai embora*, sem ninguém empurrar? Com o Arpoador ali na cara e recém-saído das ondas?

É coisa que *se me* escapa. Mas a Loredano não *se lhe*. Tanto que foi.

Olhou o céu, o sol, o mar, que depois virariam letra de bossa nova, mas foi *viver fora*. Dá pra entender? Mais de ano em São Paulo, mais de dez na Europa, incluindo Portugal, ali perto. Na Espanha ainda bem, digamos na Espanha muito bem, porque lá, da janela, podia ver Gaudi enlouquecendo, desconstruindo?, tornando gótica a *art noveau*. O que ajudou Loredano a tornar *pós-não-sei-o-quê* a sua própria desconstrução artística e existencial. Uma arte decididamente própria. Uma vida discretamente sem igual.

Mas, e na Alemanha, o que Loredano foi fazer na Alemanha? Aprender alemão? Está bem, aprendeu e, dizem alguns franceses meus amigos, extraordinariamente bem, já fala sem nenhum sotaque. Mas — ninguém precisa responder também — o que é que se faz com um alemão sem sotaque?

Eu, que sou só carioca e me mudei apenas cinco vezes, sempre do Rio pro Rio, do Meyer, Rio, pra Rua de São Pedro, nada mais Rio, dessa rua pra junto do obelisco, Ri*íssi*mo, onde aprendi a nadar, dali pra Rua das Marrecas, Lapa, da Lapa pra Taberna da Glória, dali pra Avenida Atlântica, Copacabana, daí pra Vieira Souto, Ipanema, como é que eu vou entender um homem carioca que *se manda*? Quando o dever de todo ser humano — que nem eu cumpri — é nascer e morrer na mesma casa, debaixo da mesma fronde (gostaram?) da mesma mangueira.

Mas Loredano é outra coisa, outra voltagem, outro encarte, o próprio *Mutatis Mutandis*. Deixou rastros por onde andou, pegadas do seu destino, pedaços soltos de sua personalidade, que ninguém conhece, porque modificada a cada passo. Resumo de sua própria arte, que se afasta da realidade inicial pra se transformar em outra semelhança —

psicológica, estética, social? Sei lá. Em trinta anos Loredano "fotografou" na sua rolefléquici à mão Marguerite Duras e Nara, Billie Holiday e Maria Bethania, se espalhou pelo *Estadão* (se prêmios valem alguma coisa, ganhou tantos que nem cito), teve contato íntimo e de patota, talvez até *de movimento,* com Chico Caruso, Trimano, Elifas Andreatto, esteve no *Pasquim,* passou pelo *O Globo,* andava no *Jornal do Brasil,* viram-no publicado no *Jornal,* de Lisboa, foi personagem de publicações em Barcelona, Madri, e mais muitos lugares que nem sei onde ficam. A glória é isso.

Influenciou meio mundo.

E foi influenciado pela outra metade.

Toda ela feminina.

Tantos anos.

Mas, estranha e reconfortadoramente, depois de tantas idas e vindas, agora que vive aqui de volta, o cara tem permanente ar de quem nunca foi.

Pois assim que chegou foi logo buscar suas raízes, isto é, comprou na feira cenouras e aipim, e, com infinito carinho e surpreendente cuidado de pesquisador, redescobriu o melhor do humano deste Rio, naquilo que mais lhe, nos, interessa — o plástico, o artista plástico. Não podendo mais encontrar J. Carlos, o esmerado, elegante J. Carlos, que, apressado, tinha decidido morrer dois anos depois dele nascer, perturbou ascendentes e descendentes desse poeta do lápis. Daí surgiu o delicado *J. Carlos contra a guerra*, livro sobre esse homem definitivamente de paz.

E, mais importante, no dia-a-dia do viver, Loredano resgatou pra todos nós, grupo de risco, o convívio ameno, alegre, e emotivo, do grande compositor popular, melhor *designer* (se dizia *paginador*) e estupendo desenhista, Nássara — alá-meu-bom-alá. Dessa amizade, da qual todos participamos até o suave fim (Nássara morreu lendo jornal, numa manhã de sol, o sol batendo no seu rosto em seu modesto apartamento de Laranjeiras), nasceu o *Nássara desenhista*, de Loredano, e o último livro de Nássara, pequena obra-prima sobre texto de Daniela, mulher de Loredano. O qual faz tudo isso que faz enquanto toma suas cervejas e fuma seus puros cubanos.

Mas de onde vem, qual o motivo da deformação destas figuras? O que Loredano quer atingir com suas fisionomias fora de esquadro, modificação violenta da imagem do caricaturado, trazendo o de dentro pro de fora, como um Escher gozador da humanidade?

A explicação é evidente se fixamos detalhe essencial de sua biografia. Filho de um oficial de cavalaria, Loredano desde cedo se sentiu obrigado a desmontar o ser humano.

Cássio Loredano também é isso aí mesmo. E toda uma outra coisa. Confiram.

Novembro, 2001

Amor e desamor

Sete anos de pastor Jacó servia Labão, pai de Raquel, serrana bela. Reunindo seus escribas profissionais, Salomão, depois de subir ao trono num banho de sangue, mandou compor o *Cântico dos cânticos,* coletânea de suas cantadas, de suas ânsias de amor, dores-de-corno.

Júlio César abandonou suas hostes para ficar pajeando, meio calvo e meio velho, Cleópatra, a *career-girl* do Nilo.

E, dois mil anos depois, os astronautas vêm a público confessar suas infidelidades, quando pareciam tão frios, tão robôs, tão assépticos.

A história do ser humano é uma história de amor. Ou melhor, de busca de amor — um lance de dados fugidio.

Em *Amor e desamor,* Elsie Lessa, que sabe o que viveu e viu o que outros viveram, reúne alguns escritos seus, de mais de dez anos. Tudo histórias de homem e mulher, e, pasmem!, todas ainda do tempo do velho heterossexualismo. Não procurem aqui personagens bichas, lésbicas, tarados, ou combinações múltiplas de seres humanos excepcionais, minorias erótico-desvairadas e desvairadas simples. Estamos aqui, de novo, no reino da "normalidade". Personagens que, por falar nisso, também sofrem profundamente e se matam por (des)amor. Mas que, pobres!, ultimamente não têm tido muita voz no capítulo. A literatura, o teatro, o cinema, a televisão nos dão a impressão de que já ninguém mais está interessado numa relação sentimental-sexual em que não entrem pelo menos um cachorro e uma foca — além do casal humano —, em que um menino não seduza a vó (o vô é ainda melhor), e o Romeu, por quem a Romilda está apaixonada, não seja, no fim, um tremendo necrófilo especializado em marinheiros húngaros. Oibó, Elsie não sabe, não entende, ou não se interessa por isso. Só se refere à (pelo menos no mundo ocidental que eu conheço) mais buscada, ansiada e valorizada relação humana, aquela entre homem e mulher nos trinta ou quarenta anos de potência que lhes são dados.

Disso, desse mundo, desse tipo de relações, uma coisa ajudando a outra na busca desse *Amor e desamor,* Elsie Lessa, mulher linda, escritora experimentada, fala com voz suave — num tom quase sempre a meia-luz —, com precisão e ternura. Depois de três ou quatro histórias já sabemos que dói, mas não vai haver sangue. Elsie não mata nem esfola. Sua voz é de perdão. Ou de melancolia. As histórias alegres nunca chegam ao risível. As tristes — afastadas no tempo — perdem o dom de ferir e fazem mais parte da *recherche* sem ar de dias já vividos. Isso pode até soar ofensivo, dito neste momento, mas Elsie é definitivamente uma escritora amável. Da linhagem de Álvaro Moreyra e Carolina Nabuco. Acalentando, talvez, o sonho impossível de relações humanas cheias de compreensão, sensualismo e paixão — seu sentido amor. A tentativa de preservação do pouco que resta do imenso naufrágio.

Os homens e mulheres de Elsie são — ou parecem ser, pois ela quase sempre os deixa, propositadamente, indefinidos — classe média, às vezes alta classe média, bem viajados, com alguma instrução e algum requinte, vivem muito, mentalmente bem articulados, e sobretudo conscientes do momento paranóico-sentimental com que se defrontam. Quase todos estão vivendo porém, sempre e a todo instante, a dolorosa procissão do desencontro: João ama Maria, que ama Joaquim, que ama Raquel, que ama Salvador. E há, curiosamente, em quase todos (ou isso é um mero reflexo da personalidade da autora?) um definitivo pé na terra diante da maior chifrada. Enquanto choram eles sabem *que passa*. Parecem ter noção de que vai surgir um outro amor, o que cura. Dilacerados, conservam a noção de que tudo tem fim, no pior instante do drama passional mantêm a sabedoria de viver o drama e curtir o drama, viver o instante doloroso sabendo que um dia (daqui a pouco) ele será uma longínqua lembrança, um suave chamado, como em Pinter: "Faz tanto tempo."

Elsie Lessa, que teve como marido o escritor Orígenes Lessa, é mãe de Ivan Lessa. Jornalista. Uma das mulheres mais bonitas de seu tempo. Ou de qualquer outro.

Janeiro, 1981

EXPOSIÇÃO

Cartas ao Passado
(como se não morrêssemos)

Meu caro Van Vermeer:

Lamento profundamente ainda não ter respondido tua carta de 23.7.1665. Mas, como a essa altura você já deve saber, desde então não tenho parado. O surgimento de Mozart em minha vida quase me deixou louco. O homem era realmente impossível. Felizmente morreu moço.

No século seguinte também não pude lhe responder porque me vi envolvido nas guerras napoleônicas. Como secretário do general, digo.

A luta pra criar o princípio do partido trabalhista na Inglaterra, no século XIX, foi igualmente dura, e só não chutei tudo pro alto porque o futebol ainda não estava na moda, sem falar que eu tinha a maior admiração pelo talento de H. G. Wells e Beatrice e Sidney Webb. E, claro, principalmente por causa de Shaw, que algumas vezes quase me matou de rir.

Bem, não vou me alongar sobre o trabalho que me deu Lênin e, mais recentemente, da dificuldade que foi convencer Einstein de que a fórmula correta era MC2 e não MC18, como ele teimava. Aliás foi pena ele não ter continuado teimando — a bomba não teria explodido em Alamogordo e não haveria Chernobyl e outros pequenos acidentes como esse.

Mas, voltando à vaca fria, como se diz aqui no Rio Grande, onde, aliás, só gostam dela quente, somente hoje, vendo os novos quadros de meu dileto amigo Ivan Pinheiro Machado, achei que já não podia mais deixar de te escrever. Afinal já lá vão três séculos desde que você pintou seus últimos quadros — sabe que eu achei uma graça o retrato que você fez da Florence e que chamou de *Moça com jarro d'água*? Ela deu pra você, afinal?

Engraçado esse negócio de mercado de arte. O barão von Schlesing não quis de maneira alguma pagar os oito *guilder* que você pediu pelo quadro e você teve que levar só seis. Noutro dia fui dar uma olhada no Sotheby e, por coincidência, estavam leiloando esse teu quadro — atingiu 53 milhões de dólares. Dólares, é, uma moeda que surgiu no século passado. Quer dizer, em apenas três séculos você valorizou dois bilhões de vezes.

Pô, mas eu falo, falo, e acabo não dizendo o que pretendo. O que eu quero é falar de meu amigo, o pintor Ivan Pinheiro Machado. Não, não vou comparar os quadros do meu amigo Ivan com os teus! Primeiro porque não tem nada a ver, segundo porque os críticos cairiam de pau em cima de mim. Se os críticos de hoje são piores do que no teu tempo? E eu, apresentando um jovem pintor, vou dizer que sim? Tá maluco, ô cara?

Não, nada de comparações! Eu, no caso, me lembrei de você por causa das tuas experiências de análise de luz, óticas, que (estou revendo na *Britânica*, uma pequena enciclopédia que apareceu no século passado) "não tiveram paralelo até o advento da fotografia na segunda metade do século XIX". E, curioso, você sabe que assim que apareceu a fotografia todos os entendidos começaram a afirmar que a arte figurativa não tinha mais razão de ser? *Santa simplicitas!* Mas, meu velho, fica tranqüilo, o figurativo continuou altaneiro com Picasso, chegou até esses gênios Bacon e Lucien Freud, passou pelos hiper-realistas e prossegue com esses, como meu amigo Ivan, que não é hiper mas pinta *como vê*. E o que ele vê, com uma técnica que foi aprimorando cada vez mais nesta última década (espero que alcance um dia a técnica genial de Hans Meegeren, que copiou sete de teus quadros, sendo que uma das cópias, *Cristo em Emaús*, foi considerada teu melhor quadro), nos mostra um olho particular diante do mundo, servido por uma mão que corresponde a toda sua sensibilidade.

E a temática?, perguntar-me-ás com forma mesoclítica. Olha, Veer, a coisa hoje é outra. Antigamente você só pintava o mundo em volta. Hoje também. Só que, hoje, o mundo em volta é o mundo todo. Quer dizer, eu acabo de falar com um amigo em Porto Alegre e quando ele torna a me telefonar está em Nova York. Ah, desculpe, você não chegou a tomar conhecimento de Nova York. Um cidadão! Quinhentos bilhões de habitantes. O Ivan esteve lá algumas vezes e, como o Paulo Francis, se apaixonou pela cidade. Só que o Ivan confessa. Cada pincelada sua é parte dessa confissão. A confissão do sentimento de amor e solidão que essa gigantesca Babel causa nas pessoas. Pois Nova York torna inevitável esta definição: uma multidão é, exatamente, ninguém. É essa cidade vazia, para todo o sempre vazia — na linha dramática que Edward Hopper foi, até hoje, quem levou mais alto e/ou mais fundo — que Ivan nos apresenta. Olha, Vermeer, o rapaz é muito, muito bom, no conteúdo e na forma. Um dia ainda vão falsificar ele, você vai ver.

Do teu admirador de sempre,\
Millôr Fernandes.

Apresentação da exposição de pinturas meio hiper, de Ivan Pinheiro Machado, na Galeria Bonino — Rio. Ivan Pinheiro Machado, além disso, é fundador e editor da L&PM e, algumas vezes, campeão mundial de tênis na quadra do edifício em que mora.

Junho, 1991

Exibicionismo

Confessamos que foi muito difícil dar vazão ao nosso desejo de nos exibirmos em Ipanema. Não é que não tenhamos no nosso produto (o *Fusca*) um frontispício cheio de personalidade e um traseiro considerado único.* Mas somos obrigados a admitir que a concorrência, aqui, é meio sobre o desleal. Com tanta garota badalando pra lá e pra cá, tanto rebolado superbacana, é quase impossível a nossa agência de exposição e vendas chamar qualquer atenção. Estudamos profundamente as condições locais através da media,** níveis socioeconômicos, densidade de tráfego automobilístico e pedestre e chegamos à conclusão de que o melhor ponto para instalar nossa loja*** em Ipanema era no início da Visconde de Pirajá, junto à Praça General Osório. Foi por isso que instalamos nossa loja no outro extremo do bairro, bem no fim da Visconde de Pirajá, junto ao Bar Vinte. Porque descobrimos que o importante mesmo, em Ipanema, é ser imprevisível. A inauguração da filial Ipanema, da Auto Modelo, será no dia 15 de outubro e todo

---

* É fato conhecido que toda nossa força está no traseiro.
** Pronuncia-se mídia.
*** É uma loja nem muito luxuosa, nem muito simples. Não é um butiqui mas também não é uma butique. Não é muito grande, mas não é propriamente um ovo. Mas acreditamos que é um ovo de Colombo.

o bairro está convidado, inclusive Oto, o cachorro mais inteligente do Brasil, Zigmund, alterego do TopoGígio, e outros personagens menos votados do *Pasquim*. Não há traje especial. Venha como estiver. As moças podem vir despidas* porque o pessoal fala só da boca pra fora (no fundo o pessoal de Ipanema são muito respeitadores).

Em se tratando de uma Agência de Automóveis não faltarão muitas batidas.** E, dado o afluxo(!) de pessoas, este será, sem dúvida alguma, o maior engarrafamento de toda a história do bairro.

Outubro, 1970

---
* De preconceitos, é claro.
** De maracujá, limão, coco e outras.

As 13 pragas do século XX

Com este livro, JAAB, José Alberto A. Braga, se lança à suposta sofisticação das livrarias. As *13 pragas do século XX* são sua tentativa de entrar para o glorioso clube dos best sellers, através da raiva, do pontapé nos tímpanos, da malcriação descontrolada, da descoberta da nudez real — enfim, do humorismo. Pois este é um livro humorístico e JAAB é um humorista, convém avisar aos leitores, a esta altura do campeonato possivelmente já deformados pelas graçolas bem-comportadas e efeitos técnicos bonitinhos que de alguns anos pra cá a tevê brasileira nos impõe como humor.

Pois humor, vale mais uma vez lembrar, não é ser engraçadinho, não é ser a vida da festa, o contador bem-sucedido de piadas em cadeia (ocasionalmente tudo isso vale, mas só ocasionalmente); humor é, sobretudo, mau humor. O grande humorismo deriva não do jogo de palavras (embora o use sempre) nem de contrastes de situações, paródias e imitações (embora esses sejam os processos naturais de que se vale), mas de uma funda, constante, irresistível indignação social, moral, humanística. É a irritação que vai desde o buraco que a incapacidade administrativa deixa aberto na rua enquanto faz, na tevê, grandes digressões filosóficas sobre administração; é o nojo diante dos expropriadores que se apresentam paternalistas e sacrificados; é a perplexidade diante da capacidade de auto-afirmação dos políticos, empresários e cientistas. Esse quase total e permanente choque com uma realidade que lhes parece pelo avesso e de cabeça pra baixo é que faz com que os humoristas, falando de uma realidade mais real, pareçam, eles sim, pelo avesso e de cabeça pra baixo.

Ao jovem JAAB (jovem é o cara cinqüenta anos mais jovem do que você) não lhe falta nenhuma das qualidades cívicas essenciais ao humorista. Pois nasceu num campo fértil, contexto social mais reprimido do século XX — o Portugal de Oliveira Salazar. Ali JAAB aprendeu a ver a perfídia erigida em nobreza política, a perseguição policial transformada em fé pública, a opressão do povo mostrada como proteção do povo — velhos motes, velhos temas, velhos processos, nunca porém levados a tão extremas e medíocres conseqüências por tão largo período.

Mudando-se cedo para o Brasil (já quase não se nota o sotaque), JAAB começou a praticar o humor que Salazar involuntariamente lhe ensinara, mesmo porque não tinha como escapar; saíra de seu país na certeza de que o Brasil jamais se transformaria num imenso Portugal exatamente no momento em que Portugal se libertava e gritava nas praças públicas que jamais se transformaria num pequeno Brasil. O resultado aqui está: um livro com bom humor mas com raiva, tratando de tudo e de muitas coisas, tentando exorcizar o poder dos poderosos com pragas semelhantes às que os tirésias do mundo antigo lançavam sobre os algozes do povo. Que o livro seja bem-recebido, venda muito e JAAB se torne um irremediável humorista profissional é a praga que lanço ao meu colega José Alberto A. Braga.

José Alberto A. Braga, nascido em Portugal, é jornalista e dramaturgo. Viveu duas décadas no Brasil, de onde ainda conserva o sotaque.
Junho, 1981

Aprezentatzione

Staeck (Karl) é um dos mais famosos, senão o mais famoso — não dá pra ver desta distância — *caricaturista* alemão da atualidade. Nascido na Alemanha chamada Democrática, ele, mais ou menos aos vinte anos, foi viver e trabalhar na Federal, possivelmente para verificar que uma tinha democracia só no nome e outra nem isso.

Staeck é um caricaturista que não caricatura, pelo menos no sentido conhecido da palavra. Usa, quase sempre, retratos, cópias de gravuras, fotografias de acontecimentos rotineiros e recursos tipográficos antigos e modernos — montagens, em suma. Sua tese é de que os materiais da caricatura usual — nanquim, lápis, guache, etcetera — não causam mais tanto impacto pelo fato das pessoas olharem os desenhos, por seus exageros artísticos e deformações humorísticas naturais, já como forma de opinião. Com a fotografia o espectador é apanhado mais desprevenido — pensa que está sendo convidado a olhar apenas a "realidade" e é surpreendido pela opinião do autor, usualmente contrária ao que o leitor foi robotizado para pensar. Staeck diz que sua técnica de crítica é derivada diretamente da propaganda, que utiliza objetos, ações e figuras que não têm nada a ver, com o fito de atrair atenção sobre o artigo anunciado. No que tem toda razão: no Brasil a bunda das moças tem servido para vender desde pasta de dente até aviões de executivo; ironicamente, ainda não chegamos ao mau gosto de utilizá-las para vender o óbvio — supositórios e analgésicos. Mas os humoristas, sobretudo no *Pasquim*, atentos a essa preferência nacional, souberam usá-la muito bem em suas abundantes campanhas.

Qualquer que seja a discussão teórica sobre o processo gráfico de Staeck, o resultado que ele obtém é da mais alta qualidade — uma mensagem transmitida com nitidez, eficiência e, mesmo que não seja buscado intencionalmente nesse tipo de proposta — beleza artística. Quanto à mensagem, Staeck é curto e grosso. Vai direto ao assunto e não trata a mãe de ninguém de senhora. Pelo contrário: o garoto esquelético servido como refeição à mesa do Diálogo Norte-Sul, o menino na jaula enquanto a gente se preocupa com a formação de sociedades protetoras dos animais (600.000 pessoas filiadas a estas últimas, para apenas 20.000 defensores de menores), o cartaz sardônico mostrando uma Mercedez atravessando ruas miseráveis enquanto os conservadores pedem ruas mais largas, todos os cinqüenta e tantos cartazes que vocês vão ver nesta importantíssima exposição são agressivos. Mostram um espírito irado e ofendido pela exploração — lá! imaginem aqui! — do homem pelo homem, da mulher pelos homens, dos democratas pelos nazistas, dos doentes pelos médicos, da paz pela indústria de guerra, dos trabalhadores pelos patrões locais, dos recursos da terra pelo uso egoísta e predatório, *und so weiter*.

Sem conhecer melhor o artista, apenas pela sua arte, Staeck me parece um radical. E por que não?

Karl Staeck foi o maior caricaturista e montador de imagens, na Alemanha, segunda metade do século XX. Expôs no Brasil.

Janeiro, 1997

Danuza

Poder exibir por escrito o que nos vai na cabeça é uma covardia em relação aos que têm tanto ou mais talento que nós e não o demonstram, por estar *em outra*. Quantas vezes, conversando com velhos amigos (estou pensando individualmente na minha relação imemorial e fraterna com o editor Jorge Zahar), imagino o que eles nunca disseram. Ou nunca aprofundaram, porque não se sentaram pra registrar, com tempo, precisão e detalhe, a riqueza interior que possuem.

Danuza (Leão) está entre esses amigos. Todos nós, que a acompanhamos esses anos todos, a amamos pelo fascínio de sua personalidade, e pelo seu feminismo, que sempre prescindiu do que leva esse nome, pela sua coragem e dignidade existencial. Esteve onde devia estar na hora certa, viveu o que queria, abriu ciclos de alegria pública, fechou em si mesma momentos de amargura sufocante.

Bem, agora existe o fáquici. De fáquici pra fáquici, Danuza me mandou, há tempos, o princípio e o fim de seu livro *Na sala com Danuza,* título-paródia ecoando *Na cama com Madonna.* As poucas páginas não me surpreenderam. Me confirmaram Danuza. Pedi mais. O resto do livro.

Delicada, simples, nunca tendo escrito uma linha antes, Danuza é uma escritora nata. Bem, não pensem que é um novo Guimarães Rosa, ou que escreveu uma tremenda proustiana contando episódios de sua vida única. Modesta, sentou-se pra escrever um livro de... etiqueta, aquilo que eu chamo ética de butique. E que ela, com mais propriedade, chama de *livro de comportamento*.

Desistam se acham que vão encontrar lugares-comuns (também tem), notas de comportamento tradicional (também tem). O bonito é que o livro vai-se abrindo, sem que haja essa intenção, pra revelar a autora, suas preferências, suas idiossincrasias, suas invenções de comportamento, sua naturalidade e afetividade no trato com as outras pessoas, sua educação, no sentido mais ralo — o convencional —, e no sentido mais fundo, o da natural rebeldia. Sua sabedoria.

É o que eu comecei dizendo.

Danuza Leão, que juntou experiência em várias atividades no mundo do charme, da *finesse*, do *beau monde* e do *savoir vivre*, usa isso tudo — e mais — no jornalismo.

Paulo Francis

Rio.16.6.1986. (Apresentando alguém, sem nome ou inominável, a um eterno amigo)

Meu caro Francis,

há tempos que estou querendo te escrever (aproveito o mensageiro que te apresento) na saudade de nossas antigas vivências que — às vezes me dói — talvez tenham se perdido pra todo o sempre. A vida passou? A vida pára? A vida se renova? A vida continua passando.

De repente — quer dizer, já há algum tempo — bateu-me a ecmnésia, a saudade de um tempo perfeito que não volta mais, como não voltam todos, e como são perfeitos todos que não voltam. É, meu bom amigo.

No momento em que te escrevo é noite, domingo, oito horas da noite, pra ser exato. Lá fora ainda há ecos estridentes nessa neurose nacional que é o futebol. Não há nada a fazer. Amanhã parto pra Roma, que não vejo há tanto tempo. Estou me arrancando à força daqui porque senão não saio. Sabe como é minha vida — meu trabalho não leva a viagens, de modo que, se me descuidar, vou ficando e não saio mais. É bem verdade que gosto muito da minha vida aqui e acho até que minha rotina é gostosamente dinâmica, no sentido em que compreendo a rotina. De qualquer forma vou tentar sair mais vezes, embora isso seja difícil, menos pela economia do que pelas decisões necessárias.

Mas o motivo que me levou a te escrever neste momento foi — aproveitando o portador — o recorte que mando junto. Veja que continuo tomando cuidado com a tua glória. Esse jornaleco aí, *O Cometa Itabirano*, de Itabira, claro, tem sete anos de existência e é um bravo jornaleco. Tem e mantém suas opiniões contra os mandões locais. É o que sobrou do espírito *Pasquim*. De qualquer forma eles gostarem de você é honroso.

E quando ia te mandar o recorte é que me deu mais a saudade. Veja que a gente, queira ou não, vai deixando pedaços com os amigos, pedaços que nos ligam e entreligam. Duas das capas reproduzidas de teus livros são do Ivan, meu filho, e o retrato teu, de uma das capas, está aqui em casa, na estante do escritório. Eu o vejo todo dia — parece realmente o retrato de um escritor. Olhando bem parece até um escritor estrangeiro.

Lá estou eu em Roma, outra vez. Na primeira vez em que estive na Itália ainda era um rapazola — 1952, ainda nem te conhecia — e as domésticas do Sul, Valo-Sorrento, onde moravam alguns parentes, ainda vinham correndo da pequena mata ao fundo da casa, nos beijar a mão, gritando alegremente: "*A arrivato il signorino!*". Eu era o senhorito, o que chegava da Merika. Como o tempo mudou, meu Deus. Sei que mesmo em Sorrento não se fazem mais criadas como antigamente.

E Roma! A Via Veneto começava a despontar para a sua grandeza — terá sido a rua mais brilhante do mundo? —, que eu pude acompanhar em outras viagens. Fellini (*8 1/2*,

Dolce Vita) fez com que ela explodisse. Mais tarde a conheci já degradada, uma Cinelândia, como todas, cheia de *dropouts*, marginais de tudo quanto é espécie. Pra lá vou eu. E o Adolfo Celi já morreu. Um apressado.

Bom, chega. Um enorme abraço, na esperança de te ver o mais breve possível aqui, aí, ou, quem sabe?, em Roma.

Me recomende a dona Sônia.

o Millôr

P.S. Conforme você vê, o computador está aí. Sensacional. E irreversível.

Transforma o ato de escrever num prazer. Vou ver se começo também a desenhar.

Uma andorinha só não faz o quê?

Ninguém sabe ainda se ela chega quando começa a temporada ou se o sol vem com ela. As amigas porem já decidiram avisar, quando se telefonam: "Chegou o verão!" e vão ao aeroporto buscar Renatinha. "Ay que nerbios!", frase-emblema que ela cunhou na Argentina, onde vive há anos, é pronunciada nos primeiros momentos de maneira bem castelhana, e vai se suavizando com o passar dos dias, até que Renata Deschamps readquire o total de sua personalidade carioca. O jet-set caboclo e portenho se unem, com a inclusão de alguma coisa francesa, um pouco de italiano, algum inglês, uma pitada de chileno, todos "muito divinos, muito loucos". A aurora passa a ser de novo assistida, a praia revivida, o carnaval reamado, revisado, as piscinas noturnas renadadas, o Le Bateau consumido no seu pleno de som, dança, e Jorge Bem colocado em seu devido lugar (o melhor), e eis que tudo é "uma glória, uma glória!"

Onde não se esteve, na cidade estado? No sol, no mar, no Corcovado, no Pão de Açúcar, em Cabo Frio (fora dos limites), na casa do Zanini (isto é, em todas as casa do Zanini), no subúrbio, no beco da fome, nas feiras, nas butiques (mas o Rastro não é o aparelho central da gente dela?) nas casa de fruta-de-conde, nos restaurantes bons (mas o Mário não é o centro de comunicações dessa patota e o Nino's sua única transmissora?), nos restaurantes populares (as reuniões vesperais do Real Astória não vão das três da tarde ás nove da noite?), na Florinda, no Bianco? Pois se viu tudo ou quase tudo: o show do Jô, a fita do Julinho, a entrevista do Sérgio Bernardes, Easy Rider, a escola de samba, a patuleia do Flag, a noite de João da Baiana, todas as coberturas, algumas caves, o Braga, o Didu, a Teresa, o Pecô, a Lena, a Noelza, a Nelita, o Rodrigo, o piano, a vitrola, o silencio, o Vidigal Gold, e muito cirurgião plástico, pois, entre outras virtudes, os cirurgiões plásticos circulam e circulam e circulam. Renata estranha, Renata estranhamente, Renata meio alemã, meio argentina, toda carioca, Renata, depois de perder três aviões, um dia vai sair sem avisar ninguém. Tomem nota os meteorologistas: o verão terminou. Ay, que nerbios!

Renata ninguém define ou definiu. Talvez por ser indefinível.

Cob,s. 1970

Sobre *Tio Vânia*

Caríssima moça Débora, aí vai o texto.
A sério: se você achar que não deve usar, não use.

Com Chekov todo cuidado é pouco. Com o Tio Vânia ainda mais. É tal o mito do autor, concentrado em algumas de suas peças — *O jardim das cerejeiras*, *A gaivota*, *Tio Vânia* —, tanta análise genial sobre elas, que eu não sei não. Quase todos os espetáculos embarcam no soturno, na preestabelecida melancolia da alma russa, que também embarcamos nós, inocentes espectadores, em busca da amargura perdida. Pois todas as versões se esquecem da diversão. Se esquecem de que Checov era um humorista. Que drama não elimina o humor, e que humor está sempre — e acima — de qualquer outra característica desse autor. Ah, pra quem não sabe, humor é coisa além do sério — a quintessência da seriedade.

Checov começou como humorista *proper*. Com formação médica, entre os vários pseudônimos que usava estava o *Doutor sem Pacientes*. Pra ganhar seu rico dinheirinho, e esquentar seu samovar, escrevia desavergonhadas bobagens, piadas mesmo, como nós fazemos aqui, sempre com a perigosa pretensão de colocar os idiotas em seu devido lugar. Esse em que estamos.

O grande responsável na formação do mito *O'Chichórnia O'Chizkraznia* foi Constantin Stanislavski — ensaiador emblemático pra todos que aceitam como religião o esteticamente estabelecido —, clone do politicamente correto.

Não sabem que Stanislavsky levou uma semana pra entender que *O jardim das cerejeiras* não era *Vishneviy Sad*, mas sim *Vishnëviy Sad*. A diferença abismal está no trema, como qualquer um pode perceber. Checov considerava Stanislavski, "um macaco pomposo". E não foi nem uma nem duas vezes que declarou a versão stanislavisquiana de *Tio Vânia* ser errada, desastrosa mesmo.

Mas que adianta algumas pessoas saberem disso, eu e você, por exemplo, se a quase totalidade dos que montaram Checov seguiu nas pegadas de Stanislavski, que ignorou todas as instruções do autor e impôs nas peças, para sempre, a idéia de que tragédia é chateação, fracasso é autopiedade, seriedade é solenidade?

E mesmo quando, hoje, não se segue o mito de que profundidade é um saco, as falas desse divertido autor são tomadas apenas pelo assim chamado "valor de face". E tudo é lido e interpretado pela superfície.

Mas não vá nessa, caro amigo. No momento em que o Tio Vânia diz "É um lindo dia para se enforcar", ou "O professor é uma espécie raríssima de bacalhau erudito", você pode rir (estarei te acompanhando lá atrás). E, no fim, não precisa bocejar, nadando em tédio, como querem tantas encenações solidamente montadas na crença de que, em matéria de Checov, boceja melhor quem boceja por último.

Mas, antes de tudo, Débora, não me leve a sério.
Nem se leve.

(Pronto, Débora, 40 linhas, como você pediu.)

Texto de apresentação do espetáculo produzido por Débora Bloch, no Parque Laje. Com Diogo Vilela e Daniel Dantas.
Junho, 2003

O homem e seu destino

(Apresentação para a tragédia *Antígona*, de Sófocles)

Ao cidadão grego
Na platéia
O que lhe importava
Ao sentar de novo para ouvir de novo
Não era a velha lenda:
Era a palavra nova do poeta.
Colocando o cidadão de hoje

Atento aí, à espera,
Em pé de igualdade com o ateniense
De faz tantos séculos
Lhe damos um resumo da espantosa história:
Creonte, rei de Tebas,
Vinga-se de Polinices, sobrinho e inimigo.
Antígona, irmã de Polinices,
Enfrenta o rei, é condenada à morte.
Hémon, filho do rei, noivo de Antígona,
Rompe com o pai.

E assim a história avança,
Em luta fratricida,
Ódio mortal
Violência coletiva,
Tudo pago por fim, naturalmente,

Com a escravidão do povo,
Na derrota final.

Sabemos bem
Que ninguém aprendeu muito
Com esta história de Sófocles.
Os jornais de hoje mostram
Que os próprios gregos não aprenderam.
E, cansativamente, ela se repetiu
Nos 2.400 anos que passaram:
Ânsia de Brutos, Cruz de Cristo,
Bizâncio Prostituída, *Heil* Hitler!,
Lumumba esquartejado, Kenya de Kenyata,
Chê nas montanhas.

Há sempre duas faces na mesma moeda
Cara: um herói.
Coroa: um tirano.
Algo mudou, bem sei:
A ambição mudou de traje,
A guerra, de veículo,
O poder, de método.
O mundo girou muito
O homem mudou pouco.

Porém repetir uma história
É nossa profissão, e nossa forma de luta.
Assim, vamos contar de novo
De maneira bem clara
E eis nossa razão:
Ainda não acreditamos que no final
O bem sempre triunfa.

Mas já começamos a crer, emocionados,
Que, no fim, o mal nem sempre vence.
O mais difícil da luta
É descobrir o lado em que lutar.

Sóflocles, dramaturgo grego, viveu entre os anos 495 e 406 a.C. (antes de Cristo as pessoas viviam de trás pra frente).

Julho, 1969

Nota sobre
O homem do princípio ao fim
(apenas para que o gênero continue)

Este gênero de espetáculo teatral — que os divulgadores chamam geralmente de Colagem — tem um apelo duradouro para o público de todas as escalas econômico-culturais e serve eficazmente para transmissão didática de idéias políticas, sociais, literárias e poéticas, sem falar nas humanísticas, que englobam todas. Todavia a superficialidade que se quis atribuir ao gênero durante um certo tempo fez com que sua extraordinária dificuldade de execução não fosse percebida, e todo amador, incapaz de construir uma só cena teatral, sem nenhuma vivência jornalística, literária, sem sequer mesmo nenhuma vivência cultural, se sentisse capacitado a realizar espetáculos deste tipo. O resultado, com raríssimas exceções (lembro, no momento, *Oh, Minas Gerais*, de Jota Dângelo e Jonas Bloch, coincidentemente feito por autores que tinham estudado e vivenciado o assunto que apresentavam), foi lamentável.

Um espetáculo como *O homem do princípio ao fim* exige, como já deixei implícito, que o autor seja um escritor. É fundamental que, ao recolher os textos, ele os conheça bem, tenha o exato peso do que eles significam e do que significaram para si próprio quando tomou conhecimento deles pela primeira vez. Não basta recolher textos ao acaso. Na hora de escrever ações entre os textos, é claro que o autor deve saber fazê-lo, usando palavras exatas e com o extraordinário senso de economia que o teatro impõe: jamais usando dez palavras onde se pode usar nove, jamais dizendo uma coisa "mais ou menos" como se quer. A coisa tem que ser dita com absoluta precisão, engraçada quando se a quer engraçada, dramática, poética, política, social na justa medida do que se pretende. E, importantíssimo em arte dramática — absolutamente imprecisa, vaga e fluida quando essa for a intenção.

É fundamental também ter em mente uma idéia geral exata para encaminhar o espetáculo. A escolha e a seqüência dos textos são uma história que se conta, o público não pode se perder. Ele deve saber para onde está sendo conduzido.

Assim, em *Liberdade, liberdade,* eu e Flávio Rangel optamos pelo óbvio: a progressão cronológica. Partindo dos primeiros tempos históricos, a liberdade vai caminhando para os nossos dias e o público sabe (sente) quando está se aproximando do fim da história. Isso evita, entre outros males, aquele, não pequeno, de certos espetáculos chatos que nos torturam a toda hora prometendo acabar e não acabando nunca. Não nos permitem nem sair no meio.

Quando realizamos *O homem do princípio ao fim,* claro que não poderíamos repetir o esquema. Nossa idéia era a apresentação do homem do ponto de vista, justamente, humanístico. Para tal, dividimos o espetáculo em dez quadros — oito sentimentos humanos básicos — do ódio ao amor, do medo ao riso — e o *princípio* e o *fim,* que não são sentimentos mas parte da metafísica que envolve o homem. Os dez quadros foram separados por *slides* (que devem ter pelo menos três metros de altura) projetando números romanos: I, II, III, IV etc., de modo que, por mais vaga que seja a referência ao assunto em questão, o público saiba que, enquanto não aparecer outro algarismo, ainda se está falando do mesmo tema. Essa breve explicação é dada para que, em quaisquer projetos semelhantes, os autores menos experientes considerem as dificuldades, e, por exemplo, não sabendo escrever humor, se juntem a um autor que tenha senso de humor, não sabendo traduzir determinada língua, se juntem a outro autor que saiba essa língua. Pois uma das grandes dificuldades deste tipo de trabalho é também as várias facetas de capacidade que exige do autor ou autores — escrever textos de várias formas e *approachs*, traduzir com precisão dramática, saber cortar e montar os textos sem em absoluto deturpá-los. Reduzir uma cena que tenha 15 minutos para 3 ou 4 é uma senhora tarefa dramática.

Em resumo, como já disse em alguma parte para furor de alguns comentaristas indignados com a minha iconoclastia, fazer este tipo de espetáculo é mais difícil — vejam bem, não mais importante! — do que escrever um texto original.

EM TEMPO 46% do *Homem do princípio ao fim* é feito com material original.

Espetáculo apresentado no Teatro Santa Rosa, em 1966. Com Fernanda Montenegro, Sérgio Brito e Cláudio Correia e Castro. Dirigido por Fernando Torres.

Apresentando alguns dos 12.628 postulados básicos da
Universidade Humorística do Méier

AOS LEIGOS A *Universidade Humorística do Méier*, mais conhecida como *Universidade do Méier*, foi fundada em 1945 por Emmanuel Vão Gogo. A escolha desse pseudônimo pelo Magnífico Reitor da Instituição já indicava um dos seus objetivos básicos: a fusão do altamente plástico (Van Gogh) ao altamente filosófico (Emmanuel Kant), através de um anamorfismo (cuidado, não vão tropeçar na corrida ao dicionário) semântico. Daí a deformação auto-ridicularizante de Van para Vão (pressuposto de vanidade, grandiloqüência) e Gogh para Gogo, doença de galinhas (pressuposto de psitacismo, boquirrotismo, cretinice).

Estavam, assim, estabelecidos os princípios máximos da Universidade: alta crença do homem em si mesmo, alta descrença do homem em si próprio.

Em espírito, a Universidade está localizada na escola Isabel Mendes, humilde e admirável educadora a que, através de seu decano, o humorismo do Méier tudo deve. Endereço civil: Rua Joaquim Méier, 293.

1 O homem é um animal lúdico.

12 Pela formação do seu povo — e sobretudo de seus governos —, o Brasil tende a ser a primeira Civilização Humorística na História. Por isso, e porque já temos exemplos excepcionais. Não só o maior cronista brasileiro — Rubem Braga — é um humorista, como humoristas são o nosso ministro da Guerra e S. Exa. o senhor Presidente da República.

138 Humorismo não deve ser confundido com a campanha do "Sorria Sempre". Essa campanha é anti-humorística, revela um conformismo sórdido e primário, incompatível com a Alta Dignidade do Humorista.

404 Para o Humorista o direito de cada um acaba quando o outro reclama ou chama a radiopatrulha.

527 É necessário criar a consciência de que, como conjunto, fazemos o melhor humorismo do mundo. Individualmente, há países com melhores humoristas, plásticos e escritores. Como nação, nenhuma tão engraçada.

1.007 O homem é um animal lúdico. Não descendesse ele do macaco.

2.133 O Humorista deve lutar assassinamente pelos seus direitos. Só uma mentalidade extremamente anti-humorística pode suportar ser ultrapassada, admitir idéias de humildade e aceitação do destino.

3.408 O Humorista tem que fazer tudo para que sua profissão renda o máximo, econômica e socialmente. Só assim ele poderá ter superioridade sobre os que julgam valer o dinheiro que possuem, e crêem a posição social um direito ao massacre da personalidade alheia. O resto são recalques.

4.123 Todo poder a Freud, como especulação intelectual. Nenhum como terapêutica.

4.130 a) O Humorista deve ser mais culto do que um cientista (um cientista culto), mais humano do que um médico (um médico humano), mais viajado do que um repórter da revista O Cruzeiro. Deve ter posição religiosa, moral, política, literária, plástica etc. Isso supõe, não é preciso explicar, posição anti-religiosa, amoral, retro qualquer coisa. Fundamentalmente tem que saber aonde vai. Se não conseguir definir-se metafisicamente, deve fazê-lo pelo menos no momento em que vive: se veio de casa e vai pra orgia, se veio do Sacha's e vai pro bordel. Ja é meio caminho andado (em ziguezague, se está saindo do bar).

b) Além de situar-se filosoficamente, deve saber também onde está, do ponto de vista geográfico. Não é necessário saber todos os rios da China mas é fundamental a noção do tamanho desta, sua população, o ano em que foi proclamada a república popular (senão, como é que vamos discutir com os comunas?). Ainda geograficamente, devemos saber o que é o Vaticano, quanto possui, onde fica, se a Praça de São Pedro está dentro ou fora do Papa (senão, como é que vamos driblar os católicos, numa discussão?). Além de que, Humorista deve saber situar-se no tempo, no Grande Tempo Histórico, e suas razões. Por exemplo: quem veio primeiro, os gregos ou os romanos? Napoleão foi íntimo de Carlos Magno? Aníbal atravessou os Alpes por quê? Mera curiosidade? Como se chamavam os elefantes de Aníbal?

c) Uma vez situado no tempo e no espaço, o Humorista deve aprender alguns elementos *mecânicos* de cultura. Como inglês, francês, espanhol, italiano e russo. Chama-se às línguas elementos *mecânicos* de cultura porque não acrescentam profundidade a ninguém. Há sujeitos que conseguem ser imbecis em oito ou dez línguas diferentes.

d) Saber música, se possível tocar um instrumento; se não, ouvir com muita atenção. Há coisas que estão só na música.

e) Desenhar. Pintar não é fundamental.

f) Beber e jogar. Beber mais do que jogar. Mas nunca beber tanto que se perca o prazer do ato.

g) Brigar fisicamente sempre que for necessário.

h) Saber dançar e praticar todos os esportes, mesmo mediocremente. Nada torna uma pessoa de talento (por definição: um Humorista) mais simpática do que fazer alguma coisa mediocremente.

i) Não ter, absolutamente, em nenhuma hipótese, necessidade de ser simpático. Mas ser simpático.

4.355 Apesar dos conhecimentos necessários à cultura em geral, o Humorista deve desprezar fundamentalmente qualquer idéia de *cultura*. A pressuposição da *cultura* é a *estagnação*, o *conservadorismo*, a *burrice*. Camões nunca leu Camões e Dante não era obrigado a analisar Dante na escola. Cristo, aliás — como o prova Fernando Pessoa —, não tinha biblioteca.

4.899 O homem é um animal lúdico. Humorista gosta de mulher. Não há humorismo na "terceira via". Há exibicionismo. Que às vezes também é muito engraçado.

6.117 Saber que o sentido do pecado cristão-católico é completamente contra a estrutura do homem. Mas, como existe a polícia, deve-se tomar cuidado ao matar ou roubar. Não é, porém, necessário disfarçar a cobiça pela mulher do próximo. Na sociedade em que vivemos (como, de resto, em todas), isso só dá prestígio.

6.513 Só há uma limitação no Universo: a velocidade da luz. Só há um limite para o Humorista: a velocidade da luz. Até o momento.

Moral: ou o mundo se realiza dinamicamente ou vai pro brejo.

7.819 O humorismo é uma visão total do mundo, pode ser exercido em tudo, em todas as formas, nuas ou vestidas, na poesia, na religião, no crime. Se tiver que matar, faça-o com espírito. E, em seu devido tempo, você será absolvido.

8.151 O homem é um animal lúdico. E, felizmente, a mulher também.

8.677 Não há hierarquia para o Humorista. O jacaré, vai-se ver, não passa de uma lagartixa ao telescópio. O general não passa de um paisano vestido de general (mas, cuidado, tem canhões).

9.117 O homem normal aceita as coisas como elas são. Só os loucos tentam reformar o mundo. Portanto, todo progresso depende dos loucos. (Esse postulado, de Shaw, fica adotado pela Universidade.)

10.227 Todo Humorista é um autodidata, lendo o que bem lhe interessar, ordenada ou caoticamente, seguindo a linha de seus impulsos. Não confundir, porém, autodidatismo com ignorância mesmo.

11.000 Ser humano antes que nacionalista, internacionalista antes que bairrista, para que, em futuro bem próximo, possamos ser bairristas acima de tudo, já que o bairrismo está na fundação do Homem. No momento, porém, todo antinacionalismo é suspeito, como aliás todo nacionalismo. Não nos interessa o "capital estrangeiro" vestido militarmente. Não nos interessa também um nacionalismo que suspende os jornais cinematográficos da Fox, para nos obrigar a ver os jornais cinematográficos brasileiros que também recebem para fazer propaganda americana, só que pior. Não nos interessa deixar de ser explorados pelo Rockefeller pra ser explorados pelo Peixoto de Castro ou Drault Ernani. O que interessa é acabar com a exploração do homem pelo próprio homem (depois cuidaremos da exploração do homem pela própria mulher).

12.638 Humoristas do Brasil, uni-vos. No caos já estava implícita a ordem do Universo. Do verbo partimos, ao humorismo chegaremos. Toda ambição do homem é a graça divina.

1964, primeiro número do quinzenário *PIF-PAF*, que morreu no oitavo número, fechado pela agora saudosa repressão.

Minimalista ao infinito

Lá vai ela, Cláudia, bonita em sua poesia, na simplicidade esvoaçante de sua blusa de *ban-lon*. Pisa com pé suave em suas falas. É preciso igual cuidado para notar quando está explicitando o imperceptível ou implodindo, à *hai-kai*, algo de maior de sua vida e de seu mundo.

"Palavras ditas, palavras olhadas, palavras molhadas." "As palavras se cruzam." "Há quem procure as palavras infinitas palavras para chorar a finitude." "Quanto mais falo menos digo."

Ela sabe que a palavra ultrapassa o ser humano. Sempre se soube que criava ou destruía impérios, incendiava ou alienava corações, enclausurava ou liberava os seres, pairava como um miasma sobre pântanos ou um arco-íris sobre paixões. Hoje se sabe que nasce com, já vem dentro do ser humano. É visceral. Como a poesia. Como penso ser esta poesia.

Mãe, sonho, filho, os mistérios do mundo, os locais, Rio, Barcelona, a poetisa passa pelas estradas reais ou metafóricas, e o tempo, o inexorável, a envolve, a sucede, a precede. A consome. "Meia lembrança no meio de muitas horas." "Um único momento lotado de eternidade." "Cada segundo reinaugura a pulsação da vida." "O tempo não esperou." "Vim aqui para encontrar o avesso do tempo."

"Cortado pelo tempo do relógio parado." "Como entender a fragilidade dos minutos?" "Um momento quase eterno." "Símbolos herméticos mitificados pelo tempo." "Horas que não chegarão jamais."

A solidão — subproduto do tempo — canta com ela pelas ruas. E, súbito, ela constata — ansiosa? — que o tempo parou.

Leia bem devagar. Depois releia. Mais devagar.

Cláudia Corbisier, poetisa e psiquiatra.

Setembro, 1997

A liberdade de Millôr Fernandes

> *Também não sou um homem livre. Mas muito poucos estiveram tão perto.*
> (Epígrafe para o livro *Um elefante no caos*)

Aceitei, de Flávio Rangel, o convite para escrever com ele o presente espetáculo, por dois motivos: 1.0) Porque sou um escritor profissional. 2.0) Porque acho esse negócio de liberdade muito bacana.

Não tenho procurado outra coisa na vida senão ser livre. Livre das pressões terríveis da vida econômica, livre das pressões terríveis dos conflitos humanos, livre para o exercício total da vida física e mental, livre das idéias feitas e não mastigadas. Tenho, como Shaw, uma insopitável desconfiança de qualquer idéia com mais de seis meses.

Mas paremos por aqui. Isso poderia se alongar por várias laudas e terminar em tratado que ninguém leria. Tentamos fazer um espetáculo que servisse à hora presente, dominada, no Brasil, por uma mentalidade que, sejam quais sejam as suas qualidades ou boas intenções, é nitidamente borocochô. E cuja palavra de ordem parece ser retroagir, retroagir, retroagir. E como não queremos retroagir senão pra frente, mandamos aqui a nossa modesta brasa, numa forma que, para ser válida e atingir seus objetivos espetaculares, tinha que ser teatralmente atraente. Se conseguimos (ou não) o nosso objetivo, deverão dizê-lo as poltronas cheias (ou vazias) do teatro.

Fizemos, em suma, uma liberdade como podiam concebê-la a modéstia e as limitações de nossas mentalidades — minha e de Flávio Rangel — *sottosviluppatas*. Mas também vocês não iam querer um liberdadão enorme, feito aquela que está em Nova York. A gente tem que começar por baixo. Como os Estados Unidos, por exemplo: começou com um país só.

Apresentação para *Liberdade, liberdade*, que estreou no Teatro Opinião (um buraco com cadeiras de pau, em Copacabana) em 21 de abril de 1965. Os papéis foram representados por Paulo Autran, Nara Leão, Oduvaldo Vianna Filho (Vianinha) e Tereza Rachel.

Tiso

Senhor dos sopros e dos ventos, dos zumbos e das vozes, modulações, vibrações, Tiso compõe. Sabe que, antes do verbo, é evidente, havia o ouvido. Que registrava o silvo, o zunido, o ornejo, o aulido, sons insuficientes para a ambição visualmente estonteante do universo. Que foi plástico, antes de ser sonoro.

O pássaro foi o primeiro a entender o impasse, e chilreou. Compôs. Colocou a melodia na harmonia já existente. Criou o *show*, que matas e cachoeiras aprovaram.

Só bem mais tarde o ser humano, ainda primata, fabricou a flauta, potencial do bambu, roubou a tudo em volta, o mundo se fez *show* e inventou-se a sinfonia.

Por que digo essa bobagem toda, Tiso? Porque escrever (compor) música, pra mim continua sendo um mistério, que os profissionais reduzem a sete notas, acho que pra não se perderem no trabalho. Pois sei que as notas são pelo menos setecentas. Em você, somando tudo, eu ouço sete mil.

Contei notas de seu trabalho desde os tempos dos fundos do Alfenas ou Alfenense Futebol Clube, crescendo na já histórica parceria com Milton Bituca, tornando-se mais complexo e mais "grandioso" à proporção que trabalhava como um bate-estaca musical, no caminho natural e paralelo da ambição e do talento — compositor, instrumentista, arranjador, regente; no teatro, no cinema, na televisão.

A possibilidade de um homem de talento levar esse talento a sua suprema expressão, tanto em alcance como em variedade, nunca foi tão ampla como nos tempos em que vivemos. E ninguém se chama Wagner impunemente.

Wagner Tiso tem ascendência cigana, o que fica bem em músico, um andarilho natural, sempre de terra em terra, de *show* **em** *show,* **de uma forma ou de outra, sempre** *on the road.* **Wagner Tiso é maestro, no sentido geral da palavra.**

Março, 1999

Apresentação de projeto
para a esfinge brasileira

VolksMíllor, o humorista do povo, através deste órgão de grande penetração (*Honni soit qui mal y pense*) que é *O Pasquim*, vem propor às autoridades este modelo para a confecção de uma estátua-símbolo-do-Brasil, a qual abalará os pósteros e até mesmo os retros. Desta vez não só a Europa se curvará novamente diante do Brasil (oba, oba, Europa!) como também a Grécia (oba, oba, Grécia, mais um pouquinho, sim? Assim; é!), não essa Grécia que está aí, a da junta militar, mas a velha Grécia, a Grécia Magna, a Grécia *proper*. Porque, uma vez construída a estátua cujo modelo damos acima, evidentemente o mistério da Esfinge, considerado o máximo em matéria de sofisticação adivinhatória e metafísica de todos os tempos, passará a ser objeto de riso. Diante da concepção esfingética (gostaram?) brasileira estamos certos de que o drama de Édipo não teria lugar porque, não podendo, de modo algum, resolver o mistério proposto, conseqüentemente ele teria sido devorado e, portanto, mais tarde, não daria aquele vexame de traçar a própria mãe lá dele. A estátua que propomos como símbolo supremo da enigmática nacional deverá ser instalada na Praça dos Três Poderes (Exército, Marinha e Aeronáutica), em Brasília. Como já perceberam os mais atiladinhos, esse gesto da estátua (8 metros de altura) não significa nenhum símbolo criptocomunista ou pantero-negro.

A figura, na sua simplicidade clássica, representa apenas a figura bem tropical, bem brasileira, do *Jogador de Porrinha*. Colocada, como quer o autor, na praça principal do país, a estátua na certa atrairá milhões de visitantes de todas as partes do mundo que, boquiabertos, tentarão em vão resolver o mistério proposto. Mas VolksMíllor, o humorista do povo, garante: por mais que examine o *Jogador de Porrinha* — em mármore do Paraná — nunca ninguém jamais conseguirá dizer quantos pauzinhos ele tem na mão.

Setembro, 1968

Por que, então, eu me ufanava de meu país

Era assim, esse país, àquela época, no meio de seu tumulto social e sua cúpida, tola, promíscua cúpula política, era, estranhamente, o último reduto do ser humano. Havia, ali, seres humanos. Seres desencontrados, despreparados, inábeis, mas profundamente integrados no gozo fundamental da própria vida, no lúdico existencial, na crença da descrença. Por isso esta pequena história foi escrita. Como um pequeno ato de paixão ao sem importância, de carinho autêntico pelo calhorda, de aberto desprezo pelo aparentemente certo. Um *mea culpa*, nossa culpa, nossa máxima culpa, sem prantos nem amargores, um bater no peito pleno de satisfação tropical pelo ato de estar vivo, e, se possível, jovem.

Que objetivo tinham — se é preciso tê-lo — estas notas, estas frases, estes tipos, estas palavras? Todo e total, o direto e imediato, o plástico, o humano, o cerebral, o moral, o político, o etcetera. Nunca fiz por menos, sobretudo depois de determinada época de minha vida, no dia em que entendi que devia tentar tudo, porque só há um homem respeitável — aquele que realiza o máximo do potencial de personalidade que a natureza lhe deu. Que isso seja pouco porque o destino lhe foi parco em dádivas de talento e habilidades, não o desmerece. O que o desmerece é a humildade, é o não tentar. O que o desmerece é o não se descobrir, o não se pesquisar, o não saber para que vive e que notícia traz. Eu já sei a que vim e grito o mais alto que me for possível. Se não me entendem, azar o meu, algumas vezes, e sorte a minha, tantas outras.

Deste longínquo ano de 1962, acho ainda mais ridícula a atitude de meus pares, premidos entre a subnutrição de milhões de nossos irmãos e o analfabetismo inerradicável da totalidade de nossos líderes em todos os terrenos. Naquela época turbulenta de 1955 havia, no país, apenas sete jornalistas respeitáveis, quatro pintores, alguns médicos, nenhum psicanalista, nem sombra de um estadista. Havia, *et pour cause*, alguns admiráveis desportistas, não tanto pelo esporte que praticavam e pelos triunfos conquistados nesses esportes, mas pelo espírito que o gozo pleno de um físico saudável lhes proporcionava. Havia algumas raras mulheres que sabiam amar e respeitar seus homens; o resto do país caíra numa promiscuidade com que se confundia um princípio de liberdade sexual. E havia, acima de tudo, o imenso peso do colonialismo mental fazendo com que meus pares fossem descobrir sempre, nos desenhistas estrangeiros, nos romancistas estrangeiros, nos teatrólogos estrangeiros e nos humoristas estrangeiros, aquilo que vigorosa e loucamente alguns de nós já descobríramos vinte anos antes. Para nós, contudo, os poucos que sabiam um pouco vinham com um livro de regras nas mãos como se não soubéssemos todas as regras. Quando os do esporte foram, porém, ao estrangeiro, e começaram a bater, a vencer, a domar, a derrubar e a conquistar num campo irrefutável, porque objetivo, então os que podiam pensar algo pensaram o algo que podiam pensar. E isso era simples: quem sabe se, em outros campos menos objetivos, também já podemos dizer que não há só Hemingway, não há só Macário, nem só Williams, se é que há Williams? Quem sabe se além de Mary tem também Maria?

É preciso dizer que tenho um grande prazer em não ser entendido, antes de dizer que nunca fui entendido. Esta peça foi lida por todos os diretores brasileiros — e muitos estrangeiros — atuantes no teatro nacional nos cinco anos que vão de 1955 a 1960. Todos, com uma única exceção a quem este livro é dedicado, acharam a peça tola, fraca, antiteatral, anticomercial, inartística, desenxabida, analfabeta, mal construída, sem consistência, sem graça. Enquanto isso o teatro enchia-se de peças tolas, fracas, antiteatrais, anticomerciais, inartísticas, desenxabidas, analfabetas, mal construídas, sem consistência, sem graça — estrangeiras. Estrangeiras e lamentavelmente mal traduzidas.

Quando, por um fenômeno inteiramente alheio à vontade de quem quer que fosse, *Por que me ufano do meu país* preparou-se para ser exibido (pois, às vezes, a deficiência de peças compatíveis com os elencos é tão grande que mesmo um trabalho lamentável como este acaba sendo levado à cena), caiu-nos em cima a censura. Ninguém percebeu que, embora a minha opinião sobre o valor intelectual do Conde de Afonso Celso vá sem ser dita, por desnecessário, que embora eu ache seu livro perigoso para ser lido por crianças, nós nos encontramos justamente nesse entranhado amor, juvenil e desvairado, pelo país em que nascemos. Ninguém percebeu nada mas a censura agiu segundo o figurino. Existia então uma censura, é bom dizer. Homens completamente impreparados para a mais grosseira compreensão de problemas intelectuais e artísticos apontavam a artistas e intelectuais o que estes deviam, ou não, dizer ao público, única entidade com direito de julgá-los, condenando-os às casas vazias e à ausência de vendas (que são o pior castigo do artista) ou aplaudindo-os delirantemente e seguindo-os e comprando-os. Dominados, porém, pela massa da ignorância (não importa o número dos que vieram a nosso favor, o fato é que os contrários venceram), substituímos o *"Por que me ufano do meu país"* por *"Um elefante no caos"*. Não seria um título de peça de teatro, muito menos importante do que um título bancário, que iria impedir a nossa marcha gloriosa em direção ao TEATRO. Contudo, para que não restasse dúvida quanto à nossa capacidade titular (a dúvida não só restou, como se ampliou), explicamos de público a mudança, num A PEDIDOS:

"POR QUE ME UFANO DO MEU PAÍS"

Millôr Fernandes, humorista desta praça, tendo decidido acolher, com seu reconhecido caráter acolhedor, os pedidos, votos, desejos e ameaças dos herdeiros, titulares, defensores, amigos e sócios da Sociedade dos Amigos de Afonso Celso, vem, de público, declarar que não mais usará em sua peça leve e otimista (já que a Censura, em declaração também pública, afirmou não gostar de peças pesadas e pessimistas) o título criado, nutrido, animado e administrado pelo famoso Conde, famoso e saudoso. Deixa, assim, sua peça, desde já memorável, de se apelidar *Por que me ufano do meu país*. Nem por isso, entretanto, deixando o autor de continuar a se ufanar do país que é seu, embora com outro título. Sendo assim, o autor — o vivo e atuante não o saudoso — notifica o seu inumerável público e a SAMIFE (Sociedade de Amigos de Millôr Fernandes) que poderão continuar a chamar a sua pequena (2 atos apenas) e enternecedora obra cívica e patriótica de *"Jornal do Brasil"*, como anteriormente. Além desse título, porém, o dito público e citados amigos poderão chamar a peça pelo que melhor lhes convier: nome ou número, indicação de rua, número de sapato, medidas marítimas, terrestres ou, em suma, qualquer outra forma de conhecimento ou apelo. Cansado (da Censura que lhe tira empregos, do governo central que lhe consome o ordenado, dos particulares ávidos que lhe roubam o tempo), o autor, ainda assim, dá várias sugestões a seus espectadores. Podem chamar sua peça de *Por que me enalteço de pertencer a este torrão*, *Ordem e Progresso*, *De pé pelo Brasil*, *Nosso céu tem mais estrelas e nove entre elas usam sabonete Lever*, *Quem for pelo Brasil*, *Seager's*, *Ó pátria amada, salve! salve!*, *Bicheiros do Brasil, uni-vos!*, etcoetera, etcoetera, etcoetera. Podem chamá-la como bem entenderem. Ele, porém, se ninguém o impedir, se deixarem as forças dos que têm forças, a autoridade de quem a possui, as leis de quem as rege, passará, de hoje em diante, a denominar *Por que me ufano do meu país* de *Um elefante no caos*. E fiquem certos de que tudo, no fim, quer dizer a mesma coisa. Desde já, entretanto, proíbe, aos herdeiros e legatários do Conde, que mudem para *Um elefante no caos* o *Por que me ufano do meu país* lá dele.

Aqui neste livro, porém, a peça volta a ter seu título primitivo, junto com o posterior (título). Ao público, que necessita de esclarecimento, e não entende nada de teatro (e não precisa entender, pois não é sua função, depois de oito horas de trabalho na oficina, no escritório, no laboratório ou na construção), advirto que está diante de um bom trabalho, tão bom quanto os melhores de sua época, aqui, na Suécia, na Dinamarca e, sobretudo, nos Estados Unidos. E digo na sua época apenas porque épocas são incomparáveis. O valor desta peça fora da sua época só poderemos discuti-lo dentro de quatrocentos anos. Fá-lo-emos.

O porquê de minha confiança neste trabalho vem de uma qualidade que forcei para lhe dar e julgo lhe ter dado, e que é o mais importante num trabalho de arte dramática — a vitalidade. Pus, nesta peça, o total de minha vitalidade, que é a vitalidade de meu povo. A direção de João Bethencourt, por um desses milagres raros de interpretação, conseguiu transmitir aos atores o mesmo ardor vital. Os atores explodiram na interpretação, e o resultado do espetáculo (resultado sensorial, imediatamente sentido pelo público) foi uma inequívoca demonstração de *élan vitae*.

Para mim, autor, tudo o mais são considerações desprezíveis. Transmiti a um determinado público a que me dirijo (não, naturalmente, o povo esfaimado e explorado, nem tampouco os "líderes" superalimentados e ignorantes), o que não perdeu o contato com a vida solar, integrando-se nas cúpulas e nos dogmas ou submergindo na miséria e na humilhação, uma determinada imagem de alegria e fé, e esse público riu e aplaudiu de maneira ampla e profunda. Não o bajulei, não tentei atingir o pressuposto de seu nível — para a maioria da pseudo *intelligentsia* nacional, sobretudo a que domina os grandes meios de comunicação como a televisão e o rádio, o cinema e o governo propriamente dito, o público tem um nível que está sempre muito abaixo do seu. Como o nível dessa *intelligentsia* é zero, o que eles oferecem ao público é também zero. Sua vontade seria oferecer algo ainda mais degradado, pois mesmo a estultícia grosseira e a pornografia que criam eles acham demais para o tal público, mas não há valor inferior ao que eles produzem. Tenho, como minha obrigação profissional, de estar acima do público que me freqüenta. Não posso, como profissional, oferecer ao público que me freqüenta uma criação que ele se julgue também capaz de realizar. Seria o mesmo que o fabricante de cadeiras me oferecer uma cadeira feita com três ripas mal pregadas, mal alinhadas e mal envernizadas e me cobrar por isso um preço profissional. No campo viril do artesanato isso é impossível, pelo menos a esse ponto absurdo, e pelo menos em larga escala. Uma cadeira comprada será sempre muito melhor do que a que conseguimos fazer em casa com nossas parcas habilidades e ferramentas. E, no entanto, sem sombra de dignidade profissional, artistas, jornalistas e, sobretudo, "produtores" de televisão (falo muitos destes e não canso de me referir a eles, pois esses homens têm na mão um meio de divulgação da mais extrema potência) não têm vergonha de apresentar ao público espetáculos degradantes como caráter, humilhantes como representação geral do nível artístico do país em que vivemos, e perigosíssimos no sentido de que uma massa de estupidez muito grande acaba embotando mesmo o potencial de inteligência mais privilegiado.

Apesar, porém, desse quadro negro de uma cúpula desvairada e grossa e de uma multidão abandonada a seu próprio destino, havia ainda ali, naquele verão de 1955, essa considerável energia vital, essa exaltada alegria de viver mais ou menos geral, acentuada, aqui e ali, num e noutro indivíduo ainda mais possuído do gozo pleno de um extraordinário senso lúdico. Estávamos no último, ou num dos últimos redutos do ser humano. Depois disso viria o Fim, não, como tantos pensavam, com um estrondo, mas com um soluço. A densa nuvem desceria, não, como tantos pensavam, feita de moléculas radioativas, mas da grosseria de todos os dias, acumulada, aumentada, transmitida, potenciada. O homem se amesquinharia, vítima da mesquinharia de seu próprio irmão, cada dia menos atento a um gesto de gentileza, a um raio de beleza, a um olhar de amor desinteressado, a um instante de colóquio gratuito, a um momento de paz, a uma palavra dita com a emoção da precisa propriedade. E então tudo começou a ficar densamente escuro, porque tudo era terrivelmente patrocinado por enlatadores de banha, fabricantes de chouriços e vendedores de desodorantes, de modo que toda a pretensa graça da vida se dirigia sempre à barriga dos gordos, às tripas dos porcos ou, num máximo de finura e elegância, às axilas das damas.

E o espírito não sobrenadou.

Do entrevero com a censura, em fevereiro, 1962.

Apresentando *Pô, Romeu!*

Cada vez me agradam menos as análises intelectuais de ocasião, com objetivos promocionais, tais como orelhas de livros, capas de discos e introduções de programas de teatro. Ninguém escreve essas coisas pra analisar mesmo nada e sobretudo pra qualquer restrição. Portanto, se são pra recomendar o produto, que este seja recomendado frontalmente.

Eu recomendo *Pô, Romeu!* em confiança. Um excelente trabalho do escritor húngaro Efraim Kishom, no qual ele monta e desmonta as convenções do teatro elisabetano e, a pretexto, todas as que lhe surgem pela frente — poéticas, românticas e, obvio, morais-sociais. Isso teria pouca importância se Efraim — agora vivendo em Israel, onde escreve suas peças, edita livros e dirige e produz filmes — não fosse um humorista tremendamente engraçado e, algumas vezes, delicadamente lírico. No que apenas segue uma tendência natural dos escritores da Hungria, paisinho onde até hoje não se conseguiu apurar a média de talentos existentes. Minha impressão pessoal é que o país tem dois talentos *per capita*.

Outubro, 1998

Elegia para um artista vivo

Wesley Duke Lee, realista mágico, é considerado, unanimemente, o homem mais branco de toda a história das artes plásticas brasileiras. E olhar-lhe a pele é saber-lhe a arte, alva como um Disco de Newton — numa época de tantas demagogias. Assim, não se embaracem à primeira visão de seus trabalhos: esses traços complicados, repletos, essa técnica densa, variada, esses elementos postos e superpostos são, no fundo, lineares. E todas as suas cores fazem o branco.

As Ligas, cujos desenhos admiráveis pertencem, visivelmente, à parte realista de Wesley, são uma impressão profunda, lasciva — portanto pura — da mulher, ajaezada, encilhada, adornada e rendada, pronta para o ato final da espécie, dar: verbo não transitivo. Wesley é quase um escândalo. Duke Lee um dia vai para a cadeia.

Quanto à parte mágica desse realismo, está toda expressa nos quadros em que se fala da Busca do Chefe, da Criação e Confecção do Chefe e — em dias que hão de vir, o milênio dos místicos — no Encontro do Chefe. O Chefe, reminiscência das histórias em quadrinhos ("Pegamos o homem, chefe!"), é, sobretudo, ânsia social dos países livres cansados de sua liberdade e de sua falta de chefia ("O Bigodudo vem aí"), e terror dos países totalitários e socializados, onde pode faltar tudo, menos chefe.

Wesley Duke Lee é, assim, um artista que pensa, mas sua plástica já se percebe, antecipa-se à idéia — ele só pensa depois que vê. E o que ele vê são magos, magias, távolas redondas, cavaleiros templários e inúteis cintos de castidade — a carne é forte. A sua arte está tão cheia desses elementos, e esses elementos estão ali tão bem expressos, que nunca se sabe se Wesley está usando pólvora para estourar o mundo ou magnésio para tirar retratos de antigos casamentos já amarelados pelo tempo. A exposição de Wesley Duke Lee é, além do mais, bonita, numa época de artes feias. Seu artesanato é deslumbrante. Quero dizer — é um desenhista que sabe desenhar e um pintor que sabe pintar quando isso já nos parecia tão desnecessário. É o mais abstrato dos artistas figurativos, o mais deslavado pintor de retratos abstracionistas, suas cores são terrivelmente políticas e seus títulos político-sociais, bem se nota, nada têm a ver com política ou sociedade. Um eclético? Um transviado.

Não deixem de conhecer este impressionante artista brasileiro que estará expondo e sendo exposto, dia 13 de janeiro, na Petite Galerie. A Petite Galerie fica na Praça General Osório. Wesley é o de bigodes, à esquerda de quem entra.

Wesley é paulista, pintor de grandes telas, nas quais realiza algumas idéias irrealizáveis.

Janeiro, 1964

Apresentando o coronel Vidigal

Tido e havido como o primeiro romance brasileiro, *Memórias de um sargento de milícias* narra um período da história do Brasil muito parecido com — ah, cala-te boca! Só que os patrões naquela época eram portugueses e não — bem, deixa pra lá. Manuel Antônio de Almeida, escrevendo em folhetim de jornal diário, naturalmente que não dizia as coisas muito claramente. Tinha que maneirar. Tentei perscrutar mais o sentido sensorial do que ele pretendia, me colocando na posição difícil em que estaria na época utilizando um veículo tão amarrado como era a imprensa de então (ou de agora também, ora essa!). Dessa posição, escrevi o que ele não teria dito, seja no plano político, seja no social, seja no simples sentido das relações pessoais, sobretudo intersexo. Porque, se o romance de Manuel Antônio de Almeida fosse escrito com a maior liberdade de expressão que temos hoje, a sua Luizinha e o seu Leonardo seriam tão sensuais e safadinhos quanto eu os fiz, e não com a aparência (apenas aparência) ingênua que têm no original. Pois nunca houve épocas ingênuas na história. Houve sempre muitas hipócritas. Aliás, quase todas. Mas, nos sótãos e nos terraços, nos porões e nos quintais, homens e mulheres, meninos e meninas, moças, sempre encontraram modo e maneira de cumprir a suave função de amar. Graças a Deus nem sempre tão suave.

Do ponto de vista político-social a figura hedionda de Vidigal me foi inspirada diretamente por uma outra figura sinistra até há bem pouco tempo dominando a nossa cidade com o seu terror e a sua pseudociência disciplinar. O terror de há pouco tempo só não foi mais amplo porque, felizmente, as funções do ditador que caiu sobre nós eram restritas a determinado setor de atividades. Vidigal, na peça, é um homem de poder absoluto, que gere e dirige todo e qualquer gesto do cidadão. Que a terra lhe tenha sido leve.

Francisco (Chico) Pereira da Silva, um dos melhores teatrólogos brasileiros da nossa geração, tem uma versão do *Sargento*, feita com absoluta fidelidade, não apenas ao espírito, mas também à letra do romance original. Foi levada à cena na Maison de France, em 1956, dirigida por João Bethencourt, num espetáculo impecável.

Considero a versão de Chico excelente. Por isso é que procurei fazer melhor.

Esta versão de *Memórias de um sargento de milícias*, 1966, foi bolada por mim e pelo diretor Geraldo Queiroz, em 1966, para atores negros. Um elenco onde estavam Antônio Pitanga, a linda Esmeralda Barros, Gracinda Freire, Jorge Coutinho, Haroldo de Oliveira, Milton Gonçalves, Procópio Mariano, Zózimo Bulbul. Quase todos continuaram no teatro e equivalentes.

Só dói quando eles riem

De todos os humoristas surgidos nos últimos anos — são inúmeros e bastante inovadores, minta a televisão o que quiser em sua constante defensiva para não renovar no gênero —, Caulos é o mais civilizado. Também mineiro, e mais ou menos da mesma idade, ele é uma espécie de anti-Henfil, na superfície e no conteúdo. Sua forma é determinadamente *cool*, contida, acabada — refinada. Seus bonecos não gritam, não dizem palavrão — aliás, quase não falam —, são pessoas muito bem educadas. Na verdade estão muito perto dos robôs que todos seremos dentro em breve, bem postos, i.e., bem desenhados e bem coloridos, bem diagramados e bem executados, num universo tão asséptico que até a poluição é limpa — quer dizer, limpa como um detergente. Corrói, penetra, jamais se extingue — e mata. Caulos, como quase todos os humoristas brasileiros das últimas safras, não faz por menos e não sofre por menos. Sua visão, limpíssima, é deletéria, e a elegância do método é apenas como quem diz que tudo isso aí não tem remédio.

Viajante profissional — até poucos anos atrás era contra-regra, contramestre ou contratorpedeiro, sei lá como se chama o cargo, na marinha mercante —, ele, como acontece tanto, conheceu o mundo físico muito antes de conhecer o mundo moral e social. Só quando se deteve é que compreendeu o entorno em que vivia. Andando, quer dizer, navegando, pressentia apenas a paisagem. Quando parou o barco, alugou um apartamento, conviveu mais profundamente com o mesmo lugar, e casou (eu ia dizer *sobretudo* antes de *casou*, mas, no caso dele, não seria justo) é que percebeu quanto o barco era frágil, que havia ratos no porão, contrabandistas na proa, e nada ia de vento em popa, sobretudo a popa.

Há apenas meia dúzia de anos na profissão, Caulos é hoje, curiosamente, um dos desenhistas de humor mais internacionais do país. Sua linguagem clara o faz facilmente publicável na França, na Alemanha, nos Estados Unidos e na Saint Roman, país à direita de Copacabana, de quem vem.

Assim, com um ar de quem não quer nada querendo tudo, Caulos vem progredindo a sua arte, apurando o apuro, refinando-se dia a dia, inclusive como diagramador, capista, letrista, cartazista e todas essas coisas que inúmeras vezes enquadram o artista numa condição de técnico, mas nele coincidem com sua própria visão plástica linear, algo geométrica. Visão que se amplia, como é moda dizer atualmente, lenta e segura. Basta examinar o Pasquim para verificar a estática caminhada. Parado em meio do tráfego, seu belo desenho, seu homenzinho, registra que a *hora do movimento* é a hora em que nada anda, que cada sinal (Detran) de ordem é um convite à confusão, que cada ladrão é um pobre diabo a quem roubaram tudo, e que não se pode ir embora nem sobreviver aqui. Porém, amargamente, o homenzinho estranho, pequeno, bem-vestido, limpo — pensa. Quebram-no em dois e os dois, quebrados, pensam. Quebram-no em mil, enterram-no sob mil lápides, e das mil lápides se multiplica também o pensamento do homenzinho, telegrafando incansavelmente o seu eterno postulado. Que, aparentemente, jamais será ouvido.

Caulos, coitado, tende ao filosófico.

Luiz Carlos Coutinho é jornalista, desenhista, capista — atividades que o levaram à pintura. Altamente pessoal e refinada. No fundo disso tudo continua vivo o antigo segundo-piloto da marinha mercante.

Julho, 1975

Técio em seu momento

No dia em que Técio Lins e Silva — grande causídico e não menor jurista, sem falar que defensor perpétuo do semanário *Pasquim*, em suas inconseqüências dos anos 70 — completava 50 anos, li, para os presentes na festa de aniversário, esta carta, rigorosamente apócrifa, que uma fã remota (no sentido temporal) lhe enviava.

Técinho,
meu querido solposto,
agora que você também se encontra no tramonto, na descambação, sinto que te amo mais na decania, no ranço, no pó dos arquivos, do que na frescura dos teus 49 anos. Uma ternura cortante, de caco para caco, envolvidos com carinho no que eles chamam de ultraje dos tempos. A única coisa que não esqueço é nossa canção, que dançávamos juntinhos quando você vinha me visitar no quarto do Retiro: "Eram duas caveiras que se amavam. E à meia-noite se encontravam." Nessa época eu era uma menina ingênua, de apenas 75 invernos. Com os anos nosso amor perdeu, felizmente, seu calor excessivo. Agora, mesmo quando faz 40 graus lá fora, podemos aconchegar nossos frígidos corpos sob cobertores, no bolor do mofo da ruína mútua, você meu dólmen, eu tua pátina.

Você não é meu amor — é minha tradição.

Hoje inicias nova etapa de vida, mais tranqüila, mas caquética, mais provecta, mais ridícula, mais engelhada e ridícula. Já não és só meu vetusto, és meu óxido preferido, minha ferrugem única — e posso acariciar com mais vagar, e bota vagar nisso, tuas mãos cheias de sulcos enternecedores, que antes só apareciam quando você permanecia demasiado tempo dentro da piscina. Lembras-te, meu camafeuzinho? Eu, felizmente, já não me recordo de quase nada. Pra mim o mundo é sempre novo.

Há anos me rendi aos anos. Depois de nove décadas os anos se renderam a mim. Pois todo mundo teme o tempo: o tempo teme a nós e às pirâmides.

Lembro com saudade de minha menopausa, no início do século, neste momento em que você entra na sua maispausa. Pois ficamos livres do monótono sexo puerperil, infantil, juvenil, maduro, e até senil. Livres para as práticas sexuais que só os que atingem o refinamento do século — que começa pelo meio século — podem entender: o Dr. Lúcio, o Dr. Marinho, o Dr. Barbosa. Nosso tempo, agora infinito, não mais será gasto naquele fuque-fuque-fuque ridículo, mas para lermos juntos o almanaque *Biotônico Fontoura* e estudar os postulados de direito do Dr. Jacarandá. Fique certo, se você já deixou de ser a minha uva, será, para sempre, a minha passa.

Com meu carinho préhistórico (assim, sem hífen, juntinho) e toda minha ternura prístina, meu afeto faraônico, meu bem-querer caruncoso, meu amor pliocênico, minha idolatria bruaca, anosa e reumática, esperando te ver ainda neste século, sou, eternamente, a tua

Emília Brieba

Junho, 2000

Jaguar

Procurei nos meus trastes alguma referência ao jornalista Jaguar — *Confesso que bebi* —, apresentação de qualquer das grandes coisas que ele fez, mesmo entre as pequenas. Refiro-me, e me refiro, a ele em dezenas de artigos, mas não fiz qualquer texto maior sobre a nefanda figura. Exceto este, de uma séria chamada *Retratos 3 x 4 de alguns amigos 6 x 9*.

EM TEMPO Sei que *nefando* é pejorativo mas Jaguar enobrece qualquer palavra. Repitam, alto comigo: *"O nefando Jaguar!"*

Jaguar tem dois lados — o lado de lá de tarde bate o sol, por isso é que sua fisionomia é toda contraluz. Movimenta-se em vários sentidos, três deles completamente neutros, nem por isso, porém, impraticáveis. Usa bigode, mas não se vê. É patriota contratado esperando efetivação. Com as suas mãos conseguiu executar uma terceira que usa para os melhores desenhos que faz. É casado mais não acredita no inferno. Às sextas-feiras, às vezes entrando pelo sábado — é apocalíptico. Em dias de alegria fica triste, mas esconde isso sob tal tumulto que sempre recebe o troféu *Alegria da Festa*. Tem uma filha cor-de rosa e um filho verde nascido misteriosamente em Pirassununga, alguns anos atrás. Agora, quanto ao câncer, é a favor. Seus melhores amigos estão nas linhas transversais, mas não se importa; de vez em quando até desenha um com aquela espada. Pratica-se diariamente, porisso é que é tanto. Tem degraus, setenta e oito ao todo, mas está pensando em instalar elevatória. Grande coração, as dimensões do qual tem sido até exagerada — pois não transplanta. Da ponta do pé à cabeça vai toda a sua altura, mas nem isso o diminui. Reto quando o prumo, se curva todo ao menor elogio contrário. Tem olhos azuis, com os quais procura disfarçar seus estranhos óculos redondos. Modelo de pai, tem sido escolhido sempre como mau exemplo. Sua diversão preferida é ficar todo torcido diante dos espelhos que destorcem e fundir a cuca dos espelhos. Qualquer balança porém logo o desequilibra. No Banco do Brasil é considerado um funcionário bárbaro porque onde ele passa não cresce a grana. Se levanta com o sol: o difícil é ir deitar lá em cima da montanha da Gávea às quatro da manhã, depois de um pifa. Não fuma, mas zangado, deita fumaça. Túnel Rebouças foi apenas durante quinze dias, pois detesta ar encanado. Quanto a Ipanema, diz sempre com orgulho: "I Am a Banda." Tem trinta e seis anos, o que fica muito bem na sua idade. Como o vidro, é eternamente jovem a não ser que o arranhem. Embaça um pouco, em dias de maresia interior, mas basta uma flanela que de novo brilha e reflete. Costumo lhe dizer: "Com teu talento, Jaguar, eu não estaria aqui. Estaria no *Corredor da Morte*, nos Estados Unidos."

Jaguar (Sérgio Alencar Magalhães Gomes – barão de Jaguaribe) é também um tremendo ser humano.

Janeiro, 1969

Juarez Machado

Juarez Machado nasceu entre fevereiro e abril, há mais de 26 anos e há menos de 28 anos, num estado que fica entre o Paraná e o Rio Grande, mas viveu a maior parte da sua vida naquele outro que separa Santa Catarina de São Paulo. Daí os distúrbios. Como todos nós, começou por baixo, nascendo no Brasil, mas quando for rico a primeira coisa que vai ser é estrangeiro. Veio para o Rio há três anos, a pé dentro de um ônibus. Trabalhamos juntos em vitrines da Oca, coisa que ajudou muito a separação dos sócios dessa loja. Depois Juarez se dedicou sozinho ao entalhe, ao talhe e ao detalhe, tendo chegado ao achincalhe, ou seja, à admirável conclusão que ora apresenta em sua exposição — a de que o humor é redondo, ligeiramente chato nos pólos (tradução: o humor é universal, mas esquimó não tem graça).

Prevenido, precisando progredir, pintor perito, pintou portas, portões, praias, pessoas, para poder, pecuniariamente projetar presentes painéis pictóricos. Com uma arte que vai do graciosamente dramático até o violentamente agressivo, ele não é como certos protestários que ladram, mas não mordem. Juarez às vezes ladra e às vezes morde e aos domingos sai com a mulher. Agora, como todos nós, ruge apenas através da focinheira. Sonoro quando canta, Juarez produz um desenho profundamente diabético — desculpem, dialético. Seu conteúdo extravasa sempre seu continente, mas para quem entende não dói nada. Gosta de fazer auto-retratos, na esperança de melhorar a maldade que o Senhor fez com ele, não lhe dando, por exemplo, o meu físico (o meu físico é o César Lattes).

No momento está muito preocupado com o homem do futuro — em casa já tem dois. Seu lema é: "Deus, livrai-me do acerto, que do erro me livro eu." Ama o caos e o pô-lo em ordem. Subversivo integral, onde vê uma subversão, imediatamente a subverte. Adora a Astronáutica, sobretudo em sua parte subterrânea. E humorismo nunca ninguém lhe ensinou: ele se riu por si mesmo. De sua ascendência alemã herdou uma certa estrutura desenho que cognominou, com simplicidade tedesca, de eingomelichderreinemvernumftaktuelekunst. É vago com precisão. Acredita no profundo sentido do nonsense. Possui dois instrumentos de audição, dois de visão, um — bifurcado — de olfato, um gustativo (devidamente alimentado), mas é bom mesmo no tato, sempre cheio de dedos. Sua cor preferida é o cerúleo, seu Pascoal predileto é o Carlos Magno e seu calcanhar de Aquiles ele o traz sempre atrás do pé, o que deixa muita gente de pé atrás com ele. Já se sunbmeteu a muitas operações, felizmente todas elas matemáticas. Apesar de sua origem, não conhece alemão, mas outro dia me apresentou uma alemã que vou te contar. Bewundernswert!

Aí está, assim, Juarez, dito e medido. Do Machado eu nem falo.

Janeiro, 1970

Os órfãos de Jânio

Quando, há poucos anos, Sérgio Brito e eu trabalhávamos na montagem de *Os filhos de Kennedy*, eu disse, brincando, que era uma pena não podermos estar fazendo *Os filhos de Jânio*. Não podíamos mesmo. A censura era tão violenta que, de minha página na revista *Veja* chegaram a cortar a epígrafe "enfim um escritor sem estilo", vendo nisso não sei que espécie de subversão, e o título, que ainda uso muito, "Livre-pensar é só pensar", depois de cortado inúmeras vezes, passou a ser considerado "uma provocação", se apresentado de novo. Vejam os senhores.

Mas o tempo passa, já que o tempo só faz isso. Jamais repassa. Morreu uma safra de tiranos — há duas ou três safras ainda bem vivas, mas agora todos os seus representantes fazem questão de ser democratas, Figueiredo é democrata, Passarinho é democrata, Golbery é mais democrata do que ninguém. Então, pô, por que não podia eu, também, dar vazão à democracia que se encerra em meu peito juvenil? Por isso sentei e, afinal, escrevi *Os órfãos de Jânio*. Minha intenção inicial era um *scherzo*. Uma brincadeira. Aliás, literalmente, em italiano, uma peça. *Gli fare uno scherzo* — pregar-lhe uma peça. Mas quem me pregou a peça foram os personagens. Eu jamais controlo os meus personagens. Nunca lhes armo um esquema, ou forço uma situação. Explico melhor: não escrevo sobre um argumento antecipado. Escrevo sobre um sentimento, um clima. A partir daí invento um personagem. Minha onipotência começa e termina aí. Invento, por exemplo, o primeiro personagem em cena. É um general, negro. A partir daí minha onipotência termina porque sigo exatamente o que seria o comportamento de um general negro no contexto brasileiro. Só isso. E vou tocando o barco, na medida das condições do barco e da corrente ou onda que o leva. Até que, às vezes pouco depois de começar a escrever, outras muito tempo depois, descubro o *Fim*. Isto é, descubro onde quero chegar. Aí, de certa maneira, está resolvido o problema, terminado o trabalho. No caso dos *Órfãos* havia um esquema mínimo ou antiesquema, que era o da própria peça anterior: *Os filhos de Kennedy.* Monólogos o tempo todo — no caso dos *Órfãos* há um minuto de diálogo — a estrutura não chega a importar. O que importa na verdade é o que se diz, o adensamento, linha a linha, a contribuição de um personagem para a atmosfera do outro personagem, até a formação de uma atmosfera geral que, no caso, eu pretendia alegre e descontraída e, por culpa única e exclusiva dos personagens, virou sinistra, mortal, sem ar, sem saída.

Na verdade eu pretendia, inocentemente, reaver o clima de minha juventude, quando escrevi *Um elefante no caos*. Essa peça, escrita em 1955, é uma passada na época de Juscelino. Mas, então, o sentido de minha história, a moral, se quiserem chamar assim, era evidente — no meio de uma desorganização total, em plena corrupção proporcionada pelas *metas,* pelas indústrias automobilísticas, pela total desagregação dos partidos — a direita não pior do que a esquerda — com os serviços públicos tratados em nível de absoluta incompetência e irresponsabilidade, ainda assim, podia-se sentir, no Rio, uma grande alegria de viver, ainda havia uma ampla cordialidade e, sobretudo, ainda não havia o medo coletivo. Em suma, eu dizia, vamos em frente — um país se constrói é assim mesmo, no meio da esculhambação, do erro, do improviso; não se podem esperar condições ideais para a corrida — corre-se enquanto se tropeça. Como dizia o outro, lá na China, "Aprende-se a nadar nadando".

É, mas esse clima não pode mais ser recuperado, simplesmente morreu. Hoje o país está muito mais pobre, mais triste, mais desiludido e, literalmente, mais torturado. Todo mundo, de uma forma ou de outra, foi torturado, inclusive torturadores. Vai ser preciso muita água passar embaixo da ponte para que se esqueçam os ressentimentos, para que se deixe de cobrar as dívidas, para que seja possível não patrulhar os que não tiveram a mesma atitude que nós, para que deixem, todos, de se justificar. Por isso, repito, culpa dos personagens, a peça foi ficando amarga, agressiva, um quadro assustador do desespero humano, Brasil, 1979. O humorista, o mesmo humorista de 1955, autor de *Um elefante no caos,* ainda está aí, vocês vão rir muito, fiquem descansados quanto a isso, mas, embora ele, fisicamente, ainda corra todas as manhãs no sol da mesma praia de Ipanema em que sempre viveu, embora ele ainda ame esse sol e essa praia, esse mar e esse Rio, esta cidade, este país, a verdade é que há em todos os olhos, e em todas as vidraças, cicatrizes demasiado visíveis. A areia já não é mais tão branca, as ondas estão poluídas pelo cocô dos estrangeiros ricos do Sheraton, a esperança foi adiada *sine die*.

Mas o negócio é continuar como se não fosse nada, como se a vida fosse eterna, porque, apesar do meu ceticismo cada vez mais cheio de motivos, o homem — mal, fraco,

estúpido, cruel, burro, nefasto à natureza e a si próprio —
tem uma qualidade fundamental que o impulsiona contra
tudo e contra todos, contra até mesmo a sua vontade de
entregar-se: o elã vital.

Só nisso eu confio.

Agosto, 1987

Os assassinatinhos
(Família que mata unida)

Foi Jules Feiffer, no meu conhecimento, o primeiro cara a mostrar que o super-homem era bicha. Ao contrário de tantos que contestam quando o contestado já foi denunciado e ridicularizado há muito tempo, Feiffer é o campeão de uma arte que me orgulho também de praticar — a de descobrir o erro, a pretensão e o lugar-comum no momento mesmo em que o erro está sendo glorificado, a pretensão parece extrema humildade e o lugar-comum é aplaudido como tremenda originalidade: mostrar quando a mesquinhez humana se apresenta como bom comportamento, casa-de-campo, mulher-e-filhos, "algumas economias e "bons amigos". Ou, melhor ainda, dizer quando a falta de higiene é lançada como moda, a corrupção e os "interesses criados" adotam o nome de bem público, a violência aprende ideologia e o reacionarismo vira vanguarda. Não adianta imitar Feiffer, como tanto se faz hoje, aqui e no mundo — o sentimento do falso, a visão do homem humilde que, no fundo, quer ser apenas um dos *dez mais humildes do ano*, do banqueiro que "ama muito as artes", da mulher que teve muitos homens maravilhosos em sua vida (isto quer dizer apenas que deu muito e indiscriminadamente), da mãe que sacrifica a vida pelo filho (em geral sacrifica a vida do filho), toda essa falsificação, ou a gente sente no estômago antes de racionalizá-la ou jamais a perceberá. Feiffer pega a neurose social em pleno ar, quando ela ainda está se formando; sabe que o crime passional já está implícito na primeira declaração de amor, ouve o desastre moral oculto na pregação do *santo homem*, sabe que há sempre um roubo na filantropia e, sobretudo, vê o ridículo conservador na faustosa inauguração do edifício superfuncional. Mas o que isso tudo revela, no ser humano via Feiffer, é um profundo desagrado pelo outro ser humano, desagrado que, atuando sobre a forma da sociedade, sua ética e sua tecnologia, a transforma numa coisa cada vez pior e mais agressiva, que ricocheteia (*feedback*) sobre o homem e faz com que seu desagrado pelo semelhante se transforme em atrito, se amplie em ódio, até a certeza final de que ele é um inimigo terrível, a ser abatido antes que nos abata.

Acho que esta comédia é sobre isso. Divirtam-se. Se puderem.

Apresentação da peça de Jules Feiffer, excelente desenhista de humor do século XX. Escreveu *Little Murders* em 1964. Considerada um exagero — a violência nunca chegaria a isso. Chegou. No Brasil foi representada no Teatro Santa Rosa, com Marcelo Picchi, Antonio Patino, Suely Franco e José Wilker. Direção de Leo Jusi.

Julho, 1970

Bianca

Tio Lula,

Muito obrigada por toda a atenção qui u sinhor mi tem dadu. Eu, assim qui abri o olho aqui no Rio, dissi qui bom qui eu sou carioca. i quando mi falaram nu sinhor êu disse qui melhor! i eu pensei cá comigo, com os meus botões não, purque eu ainda não tenho ninhum botão , devi ser muito bom pra eli ter uma sobrinha porque eu i mamãe já estamos aqui há tantu tempo e eli é tão novinho i não acredita quando mamãe diz que eu xuto a barriga dela, eu só estico. Se eu não istico, sabi, eu não cresçu, não é mesmo? Eu ouvi a enfermêra dizer pra mamãe qui o senhor, tio, quiria uma sobrinha bem alta.eu acho qui vou gostar muito du sinhor e u sinhor também vai, quer dizer, não do sinhor, di mim, imbora eu seja só uma minina ainda e bem piquinininha. eu choro muito, o sinhor sabe? não istá duendo i nada, mas me disseram criança chora e purisso eu choro, mas quando o sinhor vié mi vê eu não choro nada.

Sabe qui eu achu a mamãe muito gozada? Um gozo mesmo! Também, se não fosse gozada nem tinha eu, não é mesmu? Mas o senhor precisava ver a cara dela nôtro dia quando eu fiz aquela! Qui aquela? Aquela de ficar uma porção di tempo cum um olho fechado e ôtro aberto. Ela ficou muito nervosa, coitada e gritou pra infermêra: "infermêra, infermêra, minha filha só está abrindo um olho!

Qué que ela tem?". E a infermêra, muito da folgada, respondeu: "Tem um olho fechado!". Danada! E eu querendo dar um susto na mamãe!Mas o outro truqui é qui era inda melhor mas eu não faço mais não, purque a velha quase morreu. Eu prendo a respiraçao e finjo que desmaiei. Fiz três vezes, mas como, na terceira, quem desmaiou foi ela di verdadi, eu desisti...Bom, tem presentes; minha vó me deu uma bonequinha, meu primo me deu um chocalho i o ôtro meu primo, aquele anti-pático, me deu uma escova de dentes: o sem graça. Sabi qui eu non tenho denti ninhum.

O SINHOR NUM QUER VIR VER eu tomar banhu um dia desse? Todo mundo diz qui nu banho eu sou uma gracinha i o doutor dissi: "Eu queru ver também daqui a 15 anus" o semvergonha ! A mamãe convida todos os amigos pra mi ver no banhu eu não posso lhi convidar? Um dia eu não vou deixar ninguém ver, num é, tio, quer dizer, só quem deve, mas si agora a mamãe faz um show du meu banhu eu depois também vou convidar alguéns.

Bom, mamãe e as amigas delas, esse bando de velhotas vivem dizendo que eu vou mi casar cum u Sérgio ou u Nininhu dois caras qui eu nin conheçu i qui pelo jeito são uns matusas di mais de seis anus. Eu hein, tio ! Eu gosto é dum moreninhi, quase criôlo, ali no berçário. Um tesão!

Agora, o meu nome Bianca. U senhor gosta? Não pudia ser Branca in brasileiro? Mas agora tem qui ser Bianca mesmu. Porque, sabe di uma coisa? O dono do nome nunca é consultado sobre o nome deli. Mas nós dois, entrinóis, o sinhor vai sempri mi chamar de Branca, não vai ?

Bom, i agora tenhu qui mi dispedir porque a mãe acha qui eu estô com sonu. Ela acha! Tudo ela acha! Qui eu estou cum sono, qui eu estou cum fome, qui estou cum vontade de fazer cocô, qui eu estou doentinha. Mãe é fogo. A gente não podia nascer sem mãe, só cum pai ? Pai não esquenta, deixa a gente numa boa. Mamãe é qui está iscrevendu isso pra mim, claro, purque eu ainda sou analfabeta, i ela num queria botar umas coisas, mas eu fingi qui pra ela qui ia desmaiar, fechei um olho , e zaz,! ela iscreveu.

NÓS DUAS LHI MANDAMUS NOSSU AMÔR,

BRANCA

P.S. TALVEZ MAMAE MUDE A ASSINATURA PRA BIANCA ENQUANTO EU DURMO. NÃO LIGA, FICA ENTRE NÓS.

P.P.P.S VEM ME VÊR LOGO, QUERO LHI MOSTRAR O DEDAO DO MEU PÉ.

Uma peça clássica

A viúva imortal é uma peça clássica. Fi-la ("Que língua a nossa!", como dizia, cheio de orgulho, o Jânio Quadros antes de ser abatido em pleno vôo). É uma peça clássica porque nela se misturam os ingredientes eternos que compõem o *élan vitae*, a motivação total e perene de todas as coisas — o sexo, o impulso biológico em direção à permanência e a trama política animadora de toda a vida social. Inspirei-me, para a peça, em exemplos ilustres: trabalhando sobre uma idéia básica de Petrônio (tão mal explorada por vários predecessores meus, nacionais e estrangeiros, inclusive Jean Cocteau, um belo escritor mais *faisandés*), eu segui a trilha salutar deixada pelos grandes safados da história do teatro: Aristófanes, Ben Johnson e *last but not least* (último mas não menos desfrutável) o grande Maquiavel, da *Mandrágora*, que o demônio o conserve no seu santo fogo. Mas esta peça é um clássico menor mais por isso do que pelas condições de subdesenvolvimento cultural do país. Como o leitor não ignora (maneira usual de *puxar* o leitor que, em verdade, ignora tudo), o desenvolvimento cultural segue sempre — à distância e cansado — o desenvolvimento econômico. Sendo o desenvolvimento econômico do Brasil o que é, pode-se daí aquilatar a situação cultural em que nos encontramos. Basta dizer que agora mesmo, num gesto pioneiro na história do Brasil, o governo dedicou uns trinta e tantos bilhões dos dinheiros públicos à cultura do país. A primeira coisa que decidiu a Comissão Cultural encarregada de aplicar essa verba foi fazer uma Ordem do Mérito para os intelectuais. Assim como se uma comissão de médicos recebesse uma grande verba para um hospital de câncer e, como primeira medida, comprasse uma partida de caixas de batom para pintar os lábios dos doentes. Mas o que é que tem isso a ver com o classicismo desta peça?, perguntará o espectador. O caso é que um autor tem tantas dificuldades para montar seu trabalho neste país que, quando o consegue, pelo menos já teve tempo de examinar sua peça com perspectiva histórica. E se resolve montá-la é porque realmente ela já é um clássico.

Senão, vejamos: escrevi *A viúva imortal* há três anos e meio. Nenhum produtor quis montar a peça. Aliás, honra seja feita, os produtores não gostam mesmo de peças nacionais. O autor brasileiro só é montado no Brasil por absoluto acaso. Quando não há mais remédio. Quando o produtor não tem mais peças inglesas, francesas, belgas, antigas, futuras, avançadas, quadradas. Só quando está realmente desesperado, não tem mais nenhuma saída, ele pára e diz: "É, seja feita a vontade de Deus: vai brasileiro mesmo." E aí faz um imenso sucesso (as maiores rendas do teatro brasileiro sempre foram as de peças nacionais), ganha muito dinheiro, e sai correndo para montar outras peças estrangeiras bem vagabundas, de preferência de Tennessee Williams, porque sai na capa do *Time*. Chama-se a isso (eu já disse antes?) subdesenvolvimento cultural.

Esta é, assim, uma peça clássica, por motivos que talvez não tenham muito a ver com o classicismo comum, mas, ainda assim, clássica. Que o espectador ria um pouco, reflita um pouco, sinta um pouco que este é mais um espetáculo em que ponho minha essencial virtude — vitalidade — e saia disposto a recomendá-lo, aumentando, com isso, os meus direitos autorais, é tudo que espero, no momento, desta imodesta obra.

A viúva imortal **foi representada em 1967 no Teatro Nacional de Comédia, com direção de Geraldo Queiroz. Atores: Maria Sampaio, Gracindo Junior, Leina Krespi, Lafayette Galvão, Antônio Pedro.**

Julho, 1967

Quem tem medo de Wolffen Büttel?

Ninguém mais. Fausto Wolff, o contestador que veio do frio (Santo Ângelo, RS), já não intimida mais ninguém, ou só os inexoravelmente tímidos. Aos poucos o istabliximenti intelectual o foi aceitando (embora o jornalismo *proper* ainda o receie), seus contos, romances e, agora, poesia, foram chegando, laudados pelos *cognoscenti* — e até vendendo bem!

Conheço Fausto desde sempre e poucos como eu conhecem tão bem seu lado fraco, que ele teima em esconder com seu exterior, digamos, "extrovertido". Esse lado fraco se queixa incansavelmente do maldito destino (origem humilde), da tremenda injustiça que é, por isso, ter que nadar sempre contra a maré.

Que maré? Vamos lá, rapaz. Lendo desde menino (mas a falta da faculdade ainda lhe dói), cedo aprendeu inglês correto (é dos melhores tradutores que conheço), desenvolveu o alemão de família (o que me causa inveja e ele não acredita), traça algum dinamarquês (o que lhe permitiu uma filha e alguns inimigos dinamarqueses), fala correntemente italiano (estive com ele na Universidade de Nápoles, e vi, não me contaram, Fausto ensinando literatura brasileira pra gurizada pré-máfia), e é o único aventureiro de verdade que conheço: brigou fisicamente em todas essas línguas e no dobro dos países em que são faladas. Mas não tenham receio. Hoje é uma dama. Como diz o outro: *"I grow old, I grow old — I'm mellowing".*

Onde está a origem "humilde", Fausto? Olhaqui, por que a gente fica só cobrando o que não tem? Alguém pode ser humilde nascendo com um metro e noventa e dois, louro e de olhos azuis, num país em que o padrão era um e setenta, se tanto, e pele escura barrando qualquer acesso social? A beleza física é sempre, aprenda quem ainda não percebeu, uma aristocracia em si mesma.

Que ele soube aproveitar bem quando, chegando ao Rio com 18 anos, aumentou a idade pra 24, a fim de penetrar, no mais amplo sentido, na grã-finagem local. Eu queria ver, na época, um piauiense de um metro e cinqüenta fazer o mesmo.

E chega. Chega não. Pouca gente sabe que Fausto escreveu, auxiliado magnificamente por Carlos Emílio Correa Lima, e 27 repórteres jovens (18 a 24 anos), dedicados e competentes, que durante dois anos fizeram trabalho de campo, o melhor e mais emocionante retrato do carioca. *Carioca: RIO DE JANEIRO: um retrato.* Sociologia é isso aí, bicho, não o *Brejal dos Guajas* de FhC, ou *Dependência e desenvolvimento na América Latina*, de José Sarney. Ou estou confundindo tudo?

Apresentação para o livro *À mão esquerda*. Ou qualquer outra do mesmo Fausto, trombadinha de Deus.

Novembro, 1999

Apresentação para

O preço

de Arthur Miller

A mensagem é simples.
Se você já perdeu
um dedo, ou é estéril, mais
feio do que gostaria, menos
alto do que o aceitável,
explorado pelo *sistema*,
envolvido por amarguras,
não tem o suficiente ou tem
excesso de insuficiências,
se espera e nunca alcança,
se o alcança o que você não
espera,
se vem quando não quer
e parte quando você
mais ama,
se tudo que te reluz não é ouro
e a vida não está ao teu alcance
é porque a vida já te alcançou.
Que é, a vida, desde sempre,
um projeto fracassado.
Cada um paga seu preço.
Contente-se se o seu não é alto.
Só uma coisa é certa.
No fim o bandido morre.

E o mocinho.
E toda a platéia.

O preço **foi apresentado no Teatro Santa Isabel. Com Paulo Gracindo, Carlos Zara, Rogério Froes, Eva Wilma. Direção de Bibi Ferreira.**

Julho, 1987

Um Zé com pressa

Não sei, ao escrever este pequeno tópico, qual é o título final deste livro. José Geraldo tinha decidido por *Um Zé de Copacabana*, título com que o autor propositalmente (charme literário) se diminui. Mas esse título é — ou era — reducionista e não dava a idéia exata do autor e do seu périplo existencial. Embora comece e acabe nesse bairro, alma e emblema do Rio, que ele descreve com humor, amor e — ainda hoje — perplexidade, a biografia é muito mais abrangente.

Assim que comecei a ler a biografia, me veio a memória de um livro lido há muitos anos, famoso em seu tempo: *What Makes Sammy Run.* O que é que fez José Geraldo ter corrido tanto, penso, se agitado e envolvido tanto com tantas coisas, pessoas e atividades se, ao fim e ao cabo, ele me passa a sensação de, parecido comigo, um ceticismo — jamais confundir com pessimismo — quase total. Com pausa para acreditar, ou pelo menos apoiar, através de boa parte da vida, muita gente e muitas causas, incluindo — pessoa e causa — Leonel Brizola. Ninguém é de ferro.

A atividade do autor é de tirar o fôlego. Nasceu no Rio, o trabalho do pai levou-o a Minas, e, criança, conheceu quase todos os grandes quando ainda eram pequenos, de Hugo Gouthier a Gustavo Capanema, Gabriel Passos, Juscelino. Andou por ceca e meca, esteve no meio artístico, esportivo, político — e muito mais.

No Rio, quando o pai teve diminuída sua importância política, foi morar no Hotel Avenida, o que, só isso, já glorifica qualquer biografia. Quem não conheceu o Hotel Avenida (o bonde passava por dentro do hotel), com seus bares e sua Galeria Cruzeiro, não conheceu o Rio, antiga cidade brasileira hoje desaparecida. Depois Copacabana passou a ser o *habitat* e a razão de ser e de viver de Zé Geraldo. Apesar de um defeito na mão esquerda (dedos atrofiados), ou por isso mesmo, praticou bem inúmeros esportes, desde automobilismo até boxe.

Foi a essa altura, quando praticava esporte, que eu o conheci, e trabalhamos juntos no que foi a gloriosa revista *O Cruzeiro*. Já era um excelente desenhista — excelente mesmo, de nível internacional — de histórias em quadrinhos — profissão e arte que praticamente abandonou pra se dedicar, durante anos, a tentar formar grupos de quadrinistas e arranjar meios e legislação que acabassem com, ou pelo menos diminuíssem, a hegemonia americana no setor. Um nacionalista, em suma, mas sempre um pouco contra a palavra e o extremismo da definição. Como também não foi comunista embora pudesse ser confundido com um, nem *playboy*, embora o livro mostre, sem alarde, ligações com os *Cafajestes* e um saudável percurso sentimental com algumas invejáveis mulheres dos últimos — ai!, já lá vão — cinqüenta anos. Romances e amizades sólidas, inúmeras delas bastante tumultuadas, que só acrescentam a uma personalidade impossível de definir a não ser como sendo um retrato vivo — e sempre alegre — de uma época, uma cidade, um país.

Mas no fim, como todo eclético, intenso em sua atividade, ele tem de si mesmo uma imagem que, sem querer, é de melancolia amarga, quando, num fim de noite em Copacabana, sob uma chuva fininha, vê um negrinho esquelético tremendo de frio, num canto de calçada, coberto por um trapo imundo. O impulso — natural em Zé Geraldo — de socorrer o menino foi imediatamente anulado pelo sinal que abriu e impulsionou-o automaticamente a atravessar a rua.

Com pressa pra nada.

José Geraldo é jornalista, desenhista e homem de (muita) ação.
Janeiro, 2001

O do Norte que fica

Um dos maiores causídicos do país, jornalista, escritor e tantas outras coisas que nem vou enumerar, José Paulo Cavalcanti (com i, por favor) além disso tudo mora no paraíso — uma areia de 4 quilômetros, Praia do Toco, Porto de Galinhas, no Recife. Escreveu este livro, *O mel e o fel*. Antecipando (na frente) o prefácio de Ariano Suassuna, escrevi estes versos:

Das belbras do Beberibe
Um escritor da pesada
Faz da pena sua enxada
Cava com ela sua vida
E recolhe lá do fundo
O mel e o fel deste mundo
Deixando a nós, cariocas
Desumilhados de ver
Que em poesia e geografia
Recife não perde a rima
E continua por cima
Enquanto houver Cavalcanti
Igual a esse Zé Paulo
Radiante e resultante.
E aqui desço da tribuna
Dando a palavra ao *Prefácio*
Do Ariano Suassuna

E esta apresentação:

Advogado da pesada, cabeça de banco de dados, José Paulo Cavalcanti filho pertence a uma linhagem que já teve (claro) um Cavalcanti pai e já tem (claro) um Cavalcanti neto, fator que cito não pela *nobiliarquia*, mas porque as três gerações motivam uma das belas páginas do livro.

Que vai, o livro, *O mel e o fel*, de polêmica com Paulo Francis (posteriormente apresentei os dois e os dois conversaram algumas horas, civilizadamente, não se mordendo, ao contrário das expectativas em torno) à elegia ao pai, das idiossincrasias risíveis de um país a que pode faltar tudo, menos riso, à crítica profissionalmente indignada, do Brasil abandonado do campo, que gera miséria, ao Brasil abandonado das grandes cidades, pra onde a miséria emigra. Um belo — a maior parte das vezes feio — apanhado.

José Paulo Cavalcanti é isso que está nas primeiras linhas desta apresentação. E jornalista.

Millôr Viola Fernandes, carioca, é cantador muito popular, de mãe pra filha desde 1939.

Junho, 2001

Revelações

A fotografia é um clic tecnológico que desencadeia fenômeno químico-físico (não nessa ordem) eternizando uma imagem. Até aí eu entendo. Mas o mistério da fotografia que deixa de ser o simples *instantâneo* (termo apropriado, inventado no mesmo momento em que se inventou a fotografia) e passa à condição de criação, visão pessoal, a chamada "arte", não compreendo, sequer apreendo.

Talvez por isso jamais tirei uma fotografia. Meu dedo jamais sentiu a sensibilidade capaz de fixar não o momento — a foto em seu sentido fundamental — mas aquilo que a grande fotografia fixa: a fração infinitesimal do momento. O espaço de tempo que jamais vemos na realidade, impossível de ser alcançado por nosso olho olhando diretamente, visto apenas através da lente que dá ao operador poder — fascinante e assustador — de deter para sempre o espaço e o momento entre o tic e o tac.

Pra chegar a isso é preciso ter a antecipação disso, a consciência disso, a integração nisso. Sintetizando — a fotografia não é o que se tira da imagem mas o que se dá a ela. Se é importante o que está diante da câmara — a imagem que surge diante de Cartier-Bresson —, o definitivo é o "instante decisivo" que Bresson impõe.

Depois de tentar explicar sou obrigado a repetir realisticamente — não digo humildemente porque não sou humilde, sou realista, talvez a forma última e verdadeira da vaidade — que não sei como um fotógrafo consegue, numa atividade tão visivelmente mecânica (a máquina fotográfica é um trambolho inescapável), impor de maneira reconhecível, para não falar de admirável, a sua personalidade sobre o que retrata.

É só olhar o já citado Cartier-Bresson, e Capa, Eisenstaedt, Kertesz, Brassai, Carlos Freire, Meiselas, ou Sieglitz. Quem os conhece compreenderá o que eu digo, ainda que também não compreenda como eles conseguem.

E aqui me encontro com Achutti (Luiz Eduardo Robinson), que um dia conseguiu me fotografar no Teatro São Pedro, RS, vestido de palhaço, isto é, com um falso fardão da Academia Brasileira de Letras (melancólico circo de vaidades, ai!, tão humildes), antes de entrar em cena com Paulo Caruso, Chico Caruso e L. F. Verissimo pra uma de nossas palhaçadas. Conscientes.

Tenho diante de mim o roteiro cultural de Achutti, o assim dito *curriculum vitae*, impressionante pra quem, como eu, "se fez por si mesmo": sociólogo, ator, antropólogo, fotojornalista profissional, e *globe-gallopper* — no porta-fólio fotográfico Achutti está em Porto Alegre, Nicarágua, Paris, Londres, Alemanha — no instante em que deixava de ser duas —, Amapá, Oiapoque, Chuí, Cuba, Ouro Preto.

Talvez aqui esteja representada uma parte, pequena, do que é um fotógrafo. A profissão os faz geralmente silenciosos, mas, largada a *persona* (a câmara), logo se mostram profundamente articulados. Não há grande fotógrafo — os de estúdio são outros quinhentos — sem uma segura base cultural. Retomada a câmara, ela os arrasta a fatal nomadismo. E a busca do assunto em todo e qualquer lugar lhes traz a certeza de que, onde quer que esteja, o homem é irmão do homem. Ocasionalmente fraterno. Quase sempre Caim.

As fotos aqui expostas são — como sói — um mosaico de terras e gentes. Algumas personalidades observadas com respeito, algumas frações de paisagens enquadradas em dimensões não realistas, a maioria o grande *melê* da humanidade, com suas caras assustadas, seus guerrilheiros sem futuro, crianças que não sabem o que as espera.

Olho especialmente, com ternura e identificação, essa cara, seqüência 3, de *A barba*. Um "velho" — qualquer homem do povo com mais de quarenta anos. E ele me olha não com a cara que tem quando anda pelas ruas, mas com a cara que a sensibilidade — do dedo, do olho, do psíquico? — de Achutti fixou. Um pouco da crueldade de Lucien Freud no ato de aprofundar personalidades, muito do sentimento de Cartier-Bresson diante do trabalho de Munkacsi: "Me mostrou que o momento é a eternidade."

Mas sinto também, nesta foto, condolência e admiração, revelação do negativo da beleza, percepção reservada a muito poucos. Olho nesses olhos e é como se Achutti me dissesse: "Qualquer idiota pode ser jovem. Em poucos anos se consegue isso. Mas caras jovens são fotograficamente aflitivas. Não têm biografia. Chapas sem emulsão. Lisas. Pois é preciso muito talento para envelhecer. O supremo talento da sobrevivência.

Esta cara, vejam — o vendaval da vida passou por ela. A história da vida está toda escrita nas sombras e reentrâncias desta fisionomia. Cara sulcada, marcada pelo feliz sofrimento de continuar existindo. Uma epopéia fisionômica."

Luiz Eduardo Robinson (Achutti) nasceu no Rio Grande do Sul, vive no mundo.

Abril, 1999

Glauco, onde estiver

O caminho da glória ou do reconhecimento, chame como quiser, foi, neste caso, uma folha de papel almaço — *A4* pros mais téquinicos. Foi essa uma folha que Glauco Mattoso (nome adotado para cuspir na doença, glaucoma, que o tornaria cego), nascido Pedro José Ferreira da Silva, usou, de 1977 a 81, pra mostrar ao mundo, isto é, Drummond, Tom Jobim, Houaiss, Pignatari, que ele, Glauco, existia.

O lado *um* da folha tinha um título, trocadilho intencionalmente idiota, *Jornal Dobrábil (Jornal do Brasil* com dobrável), já declaração de meios. O verso era de gozações quasemente *gays*, embora Glauco não seja *gay*, seja homossexual, coisa pra macho.

Todos os números do *Dobrábil* eram número *hum*!!!

Fascinado com o desvario, calibre, engenho & Arte, tudo embrulhado em grosso manto de perfídia e desespero, respondi a algumas provocações de Glauco, que ele publicava e estimulava.

Funcionário do Banco do Brasil, do qual tinha um certo orgulho, mas só por Jaguar e Sérgio Porto também terem trabalhado lá, Glauco é invejável artista *dátilo*gráfico, desses que tiram desenhos e iluminuras da máquina pré-digitação.

Cultura enciclopédica delirante — sabe exatamente *tudo* —, domínio safado de várias línguas, entre elas o volapuque e o gujarati — despudor diante de todas as glórias — apesar da amplitude e a qualidade de sua produção serem um contraditório —, Glauco já nasceu pronto, embora nem ele nem eu soubéssemos disso, no número *hum*!!! do *Jornal Dobrábil*. Pronto, e duplicado, com seu clone, homônimo, heterônimo, xará, ladrão e plágio, Pedro, o Podre, que também se assina Peter, the Rotten, Pierre le Pourri, Pedro, o Glande.

No *Jornal Dobrábil* Ademar de Barros fala francês, Andy Warhol espanhol e García Lorca vira Garcia Loca. E, nessa indiciação da viadagem de alguns dos maiores talentos do mundo, se insinua, através de *instigante* poema em paulistano italiano, parodiando Castro Alves, que Juó Bananere também entregava a rosca.

Mas o *Jornal Dobrábil*, que aqui se republica em forma de livro, foi só o início. Depois veio o ensaio-deboche sobre o *trote*, a erudição léxica do dicionário de palavrões inglês-português, até a glória atual dos sonetos *Centopéia — Nojentos & quejandos*. Em três volumes mais de 300 sonetos camonianos, perfeitos como técnica, transbordantes de idéias, nojentos como temática — a podolatria, idolatria não só do pé, mas do pé sujo — e assustadores pelas confissões, pura literatura, eu sei, ninguém é tão tarado, mas minuciosa, exagerada, buscando o fígado do leitor. Cada palavra de Glauco Mattoso é uma reverberação.

Não há como ultrapassá-lo.

P.S. Oito livros publicados, numa obra inigualável, Glauco Mattoso me absolve da possibilidade de inveja. É tão comum eu não gostar de 11 entre cada dez livros que leio, de 12 entre cada seis filmes que vejo, de 19 entre cada duas peças a que assisto, que, num mínimo de auto-crítica, tenho que duvidar de mim mesmo. E Glauco, primoroso no que faz, irreverente a ponto de até a mim me chocar algumas vezes, dono de uma biografia definitivamente *off-record* — marginal, homossexual e cego — mas perfeita para consagração intelectual, me desfaz qualquer dúvida. Eu admiro! Os outros é que, de modo geral, não são admiráveis.

O texto que aqui vai é uma orelha — aquilo que fez a glória de Van Gogh — para *Jornal Dobrábil*, com que, no princípio, Glauco começou seu início, se é que me entendem. O lançamento é em São Paulo.

Glauco Mattoso nasceu e vive em São Paulo mas está muito acima disso.

Maio, 2000

Fafá ao vivo — existe outra?

Filho da Bahia — chamamento, apelo, tentação; *Cavalgada* — fúria apaixonada, integração centaura. *Meu homem* — cantada agradecida, de intimidade marota. *Bandoleiro* — acerto de contas com amante fascinante, que não vai levar vantagem; a voz também é bandoleira. *Sob medida* — que poderia ser *down*, vira desafio. *Pero, sin perder la ternura. Meu disfarce* — confissão descarada de mulher, é, aquela do eterno feminino. E por aí vai a voz de *Ao vivo, do Canecão*. Aqui, definitivamente, estamos longe, bem longe, do velho Lupíscínio. A fossa da cantora ficou toda no outro CD, o do fado.

Exuberante — o riso claro a qualquer provocação, ou sem nenhuma, provoca; onde e quando Fafá se tranca pra ficar séria? Transbordante — no *show* do Canecão a voz que entra pelo microfone e pelos amplificadores é apenas parte mínima da que ultrapassa a técnica e nos atinge diretamente; ela canta pra mim, sem fios nem sem-fios. Vital e explosiva — mesmo nas canções mais contidas sua voz é orgulhosa e despudorada. Ebuliente — seu movimento físico aposta com a voz na atração do espetáculo —, não há como não ver o mulherão. E nunca esquecer: foi essa *show-woman* extraordinária que, uma vez e para sempre, nos comoveu a todos com sua face sentida, profunda e agressiva — cantando, como deve ser cantado, o Hino Nacional, que *eles* acham que é deles, isto é, quadrado e insípido.

P.S. Fafá, como o nome indica, é de Belém. Belém, que conheci um paraíso cheio de mangueirais, onde circulava um ônibus em forma de Zeppelim e a praça central tinha um botequim chamado Jazz Britinho e Seus Stukas. Saul Steinberg, o maior artista plástico deste século, registrou isso tudo em *Passport.*

Fafá de Belém, além disso tudo, costuma cantar para o Papa.

Junho, 1995

Razão, razões

Ainda estava muito escuro. Tínhamos acendido algumas luzes, alguns viam o caminho, mas, no geral, era inútil. Uns poucos contemplados, uma loteria imensa na qual muitos pagavam e um ou outro consumia. Sentei-me e escrevi. Repeti ao que vinha, e era muito. Eu, como Flávia, pretendia tudo. "Tudo, doutor, eu quero tudo." E tínhamos, ambos, bom estofo, ela e eu. Não pedíamos desculpas a ninguém por ter nascido. Continuávamos sem o menor anseio de pedir licença para subsistir. Isso, a simplicidade dessa proposição, já era agressiva. Havia então os conformistas, assim chamados. E os conformistas do inconformismo. Perguntavam-se, uns aos outros, qual era o inconformismo mais na moda. E o seguiam. Ninguém, literalmente ninguém, ousava encarar a realidade. A língua falada era deturpada sistematicamente. Ninguém escrevia o que se dizia. Ninguém dizia como se devia dizer. Então, quando um dizia como devia, era acusado de falso ou de falsário. Os revolucionários estavam todos muito bem amparados pela divulgação oficial. E não havia um que não deixasse de citar, sub-repticiamente, no meio da maior fúria de protesto, o nome de um poderoso do dia. Poderoso *do outro lado*. Tudo era falso, pior que falso, porque se mexera no falso estabelecido, e agora muitos, sobretudo os jovens, acreditavam que isso que estava aparecendo não era mais falso.

E se preparavam também para entrar no comércio de uma falsificação ainda mais intensa. Eu disse que um ou outro enxergava o caminho. Nem sei. Os mais atrasados continuavam a acreditar que o Sol girava em torno da Terra. E eu, de Galileu, ali, a ter que lhes dizer, sabe, olha! Enquanto isso uma meia dúzia, com a visão um pouco mais adiantada, já afirmava "corajosamente" que a Terra é que girava em torno do Sol. E eu, em pânico, tendo que lhes tornar a afirmar a evidente verdade de que isso era mentira. É só olhar o transcurso de um dia para se perceber a falácia de todos os princípios: nem a Terra gira em torno do Sol nem este gira em torno da Terra. Só existe a dinâmica pura, que torna a ação a suprema afirmativa, e transforma a vida num gigantesco *happening*, onde qualquer afirmativa é leviana, pois já está morta no instante de nascer. Alguém leu, por aí, o prefácio de um livro chamado *Um elefante no caos*? Perdão, mas é fundamental. Não quero repeti-lo, pois seria monótono, e, além disso, impediria a venda de mais um exemplar daquele livro. O que importa é que o clima geral do país, no dia e hora em que resolvi escrever *Flávia, cabeça, tronco e membros,* continuava exatamente o mesmo. Vivíamos no regime do absoluto *interesse criado* (Jacinto Benavente). Ninguém se dava. Trocava-se. Se me lês, te leio. Ninguém exigia. Barganhava-se. Os que gritavam estavam apenas querendo o posto de coordenador do grito, ou, pior, censurador do grito, impedidor do grito que não fosse o seu. Os que ouviam os gritos não concordavam com eles, mas deixavam-se intimidar.

E criava-se, assim, o Ministério das Perguntas sem Resposta, é isso. E tínhamos todas as respostas prontas para perguntas que ninguém nunca fazia. Ninguém nunca faria. Literalmente, *nobody, nessuno, persone* acreditava no povo.

Brandiam-no, usavam-no, apontavam-no, mas não acreditavam nele. Tinham bastante razão, já que o povo também não se acreditava. O povo não existia. Estava ali apenas de passagem, para assumir um cargo de vigia, um posto de chefia, subir um degrau a mais na escada, uma escada medíocre mas com bastante degraus, escada de Jacó dos pobres de espírito. Não havia o perigo de se bater com a cabeça na igualdade. E por isso o país tinha perdido o bonde e a esperança. A esquerda tinha bonitas idéias de direita, a velhacaria assumia, tudo que era moral passava a ser moral burguesa, sem qualquer substituição por outra moral ou princípio político.

E, na direita, tudo que era inovação passava a ser idéia extremista sem que se apresentasse sequer uma alternativa como pouso de emergência. Então, era ou lá ou cá. De modo que, depois de perder o bonde e a esperança, o país perdeu, sucessivamente, o trem e a vergonha, o navio e o estímulo vital, o avião a jato e a ira sagrada. O escotismo não me seduzia. O único Baden Powell que me seduzia (seduzia é maneira de dizer! Vê lá, leitor) era o da viola. Grande amigo além de excelente rabequista e magnífica alma. Agora, só eu sei que ele sofria, metido nesta camisa-de-força de oito milhões de quilômetros. Quadrados. Se eu tocasse daquele jeito pegava o violão e ia tocar nas profundezas do inferno. Juro! Mas eu mexia com o diabo da palavra e, pouco a pouco, fui me aprofundando até chegar à conclusão de que ninguém sabe duas línguas e só vive na sua. Tinha uns que pensavam que eu sabia alemães, greguices, latinadas, anglo-saxornanias, que isso é que importava. Importava até onde? Mas a minha palavrinha doméstica, essa eu tinha aprendido. Era minha amiga, íntima paca. Eu fazia o que queria com ela, pelo simples fato de que deixava ela fazer o que queria comigo. Foi vindo e indo, rindo, a coisa. Um dia percebemos que estávamos apaixonados, a palavra e eu. Que eu podia procriar nela: e ela deixava. Era uma arma de fazer coisas quase indizíveis. Se chamava, acho, precisão. Juntos, ela e eu, nos colocamos a serviço de coisas tão essenciais, que nos doíam. Pelo supremo orgulho de ninguém nos entender e à nossa comunhão. E aí nós sentamos e escrevemos, com precisão científica, vendo o que queríamos, como ia o mundo, no exato ponto ótico em que vivíamos, o mundo, sim, 1963. O mundo em geral, o mundo nosso, Brasil, o mundo meu, particular. Uma simbiose, se é que isso não é uma doença. E Millôr olhou e viu que o mundo não era bom. E aí consertou os mares e os ares e não ficou satisfeito. E aí consertou os lares e os bares. E Millôr olhou os lares e os bares e viu que os lares e os bares não eram bons. E então, no terceiro dia, descansou. Depois descansou também no quarto e no quinto e só foi pegar no batente de novo no sexto porque chovia e não dava praia. E, como chovia, Millôr olhou outra vez e viu que viver tinha se tornado mortal.

Apresentação para a peça *Flávia, cabeça, tronco e membros*.
Março, 1965

Geraldo Carneiro, 30 anos depois

Estamos aqui de novo, todos juntos, na casa branca de Olívia Byington. Ficava no meio do mato alto da Gávea, floresta remanescente dessa Gávea ainda emocionante. Ainda está aqui em volta, mas a favela agressiva (do ponto de vista *nosso*) continua crescendo, subindo e descendo.

Eis-nos, tantos amigos, festejando uma amizade de 30 anos entre Geraldinho Carneiro e o jornalista que vos tecla.

Curioso que se comemorem tantos tempos e datas, nascimentos e mortes marcados por sua inevitabilidade, glórias militares e acordos políticos sempre duvidosos, casamentos que mal sobrevivem, festividades tantas vezes apenas *pra constar* e só o Geraldinho, agora, tenha tido a idéia e a coragem de aprofundar e fixar com festa, e como festa, a idéia da Amizade.

Para isso é necessário a consciência do tempo que passa, é preciso o sentimento de valores flúidos, para os quais não temos meios de aferição, e cuja data inicial quase sempre se perde no além do passado. Esgarçada e indefinida, mais intensa hoje, menos intensa amanhã, porém profunda e permanente, mesmo quando parece apagada e diluída, a amizade vai e volta em seu mistério. Nela pode até haver rompimento, como no casamento, mas ninguém "se separa" e pede partilha de bens.

Eis-nos, os dois amigos principais, os festejados de hoje, rodeados por amigos de quase tanto tempo, de muito menos tempo e de muito pouco tempo.

Conheço Geraldinho desde menino, senão não poderia estar comemorando com ele 30 anos de amizade, menino que ainda é. Carioca de educada formação mineira, sucessor, *enquanto* mineiro, da geração de Otto Lara Rezende, Fernando Sabino e Paulo Mendes Campos, cronista como um, poeta como outro, culto e gozador da vida como os três.

Tingido (tinto) sempre da irrecusável e perene modernidade da vida, Geraldinho, do alto do Alto Leblon onde morou, e da perspectiva de suas outras moradias em casas no meio da mata do Jardim Botânico (onde sempre me sinto em *Macondo*), não pretende se livrar do antigo. Assim, dono dos dois tempos, vibrando no de hoje, ele é, quase todos os dias, Geraldo Carneiro, poeta. Com Francis Hime (sobretudo em sua bela fase ufanista), dezenas de vezes com Gismonti (anotem *Corações Futuristas*), parceiro de vida e trabalho do cigano Wagner Tiso, e pósmilongueiro com Astor Piazzola (lembrem *Olhos de ressaca*), ele é poeta-musicista.

Nas oras de lazer, Geraldo coopta Shakespeare, a partir de traduções impecáveis de *The Tempest* e *As you Like It*, e transposição da apaixonada metafísica dos *Sonetos* — onde deita e rola, pois, como o vate inglês, também não resiste a um bom trocadilho.

Perguntar-me-eis: onde se encontra esse Geraldinho? E eu respondo. Por aí. Algures ou alhures. É fácil reconhecê-lo, ao passar por ele na 25ª hora.

O poeta usa o cabelo pelos ombros, e muitos vêem isso como coisa de *late hippie*, hipie tardio.

Mas eu, como já dito, amigo do poeta em seu melhor, sei que isso é apenas armadilha de sedutor. Que, ao sair para a aventura do dia, no cair das noites, imita o lendário Castro Alves: de maneira petulante, ajeita no alto da testa a aba de um chapéu metafórico, e ameaça, ao espelho: "Tremei, pais de família!"

Geraldo Carneiro, em qualquer atividade, é sempre poeta.
Janeiro, 2001

O da Vila

Uma noite, numa dessas aventuras cariocas que formam parte de um cotidiano cheio de graça, fomos, o cronista Rubem Braga, o jornalista Heli Alfoun, o publicista Prósperi (um os fundadores do *Pasquim*) e eu, julgar os samba-enredo da E. S. Unidos de Vila Isabel. A VILA, de Vila Isabel, prima do Meyer, minha conhecida de infância, mas há tempo abandonada. Os sambas da Escola eram muitos. A disputa perto do feroz. Um dos participantes, enquanto nos servia cerveja, ameaçava retirar sua ala do desfile caso o tal Martinho ganhasse de novo. O ano acho que era 69 e o tal Martinho já ganhara os concursos de 67 e 68. Começou a cantoria, o páreo, o concurso, o festival, ou lá que nome tenha. Nós, jurados, na situação difícil de sempre. Em meia dúzia de mesas à direita do terreiro de cimento (valha a contradição dos termos) uma ala ruidosa aplaudia ou vaiava os candidatos, e alguém nos disse que o grupo era liderado por um general,* que logo imaginamos parcial e ferocíssimo. Mas o ambiente para nós, da banca de meritíssimos, era realmente quente. Rubem Braga, que sabe mais por Rubem Braga do que por demônio, em certo momento reparou que um dos sambas tinha nada mais

---

* O general, soubemos depois, era da família. Sogro de Martinho, pai de sua mulher, *Ruça*.

nada menos do que sete compositores. E me sugeriu, estrategicamente: "Vamos votar neste. Na hora da briga tem mais gente do nosso lado." Ao fim e ao cabo, Rubem leu o veredito, no qual depois de, diplomaticamente, falar na "Imensa dificuldade que tínhamos tido no julgamento, dada a extraordinária qualidade dos concorrentes, nosso voto ia para a composição: **IAIA' DO CAIS DOURADO**, de Martinho da Vila. Pra nossa sorte a ala do general prorrompeu em aplausos frenéticos. Não houve briga e daí pra cá Martinho só fez progredir, melhorando dicção e nível de cantor, composição e busca de temas, apresentação e comunicação. Há os que falam, há os que dizem, há os que tentam colocar Martinho num samba já era, pouco rebuscado, os que argumentam com erudição erudita pra derrubar a popularidade do popular. Uma pretensão que chega, algumas vezes, ao supremo de querer ensinar folclore ao povo. Pra mim, não entro nessa: a música se chama popular e basta. Popular (defino) é o que o povo gosta. O povo gosta de Martinho da Vila

Apresentação na capa do Long-play *Batuque na cozinha.*
Fevereiro, 1972

Exibicionismo
Apresentando a Ipanema a loja da
Volkswagen

Confessamos que foi muito difícil dar vasão ao nosso desejo de nos exibirmos em Ipanema. Não é que não tenhamos no nosso produto (o Fusca) um frontispício cheio de personalidade e um traseiro considerado único.[1] Mas somos obrigados a admitir que a concorrência aqui é meio sobre o desleal. Com tanta garota badalando pra lá e pra cá, tanto rebolado superbacana, é quase impossível a nossa agência de exposição e vendas chamar qualquer atenção. Estudamos profundamente as condições locais através da estatística media[3], níveis sócioeconômicos, densidade de tráfego automobilístico e pedestre, e chegamos à conclusão de que o melhor ponto para instalar nossa loja[2] em Ipanema era no inicio da Visconde de Pirajá, junto à Praça General Osório. Foi por isso que instalamos nossa loja no outro extremo do bairro, bem no fim da Visconde de Pirajá, junto ao Bar Vinte. Porque descobrimos que o importante mesmo, em Ipanema, é ser imprevisível. A inauguração da Filial Ipanema, da Volks, será no dia 15 de outubro e todo o bairro está convidado inclusive Oto, criação do Jaguar, o cachorro mais inteligente do Brasil, Zigmund, também criação do Jaguar, alterego do TopoGígio, e outros personagens menos votados do Pasquim. Não há traje especial. Venha como estiver. As moças podem vir despidas[4] porque o pessoal fala só da boca pra fora (no fundo o pessoal de Ipanema são muito respeitadores)

Em se tratando de uma Agencia de Automóveis não faltarão muitas batidas.[5] E, dado o afluxo(!) de pessoas, este será, sem dúvida alguma, o maior engarrafamento[6] de toda a história do bairro.

1970

1) É fato conhecido que toda nossa força está no traseiro.

2) É uma loja nem muito luxuosa, nem muito simples. Não é uma butiqui, mas também não é um butiquim. Não é muito grande, mas não é propriamente um ovo. É apenas um ovo de Colombo.

3) Pronuncia-se mídia.

4) De preconceitos, é claro.

5) De maracujá, limão, coco e outras.

6) De uisque, gim, cerveja, etcetera.

Não a Conceição

Depois destas 78 apresentações, termino o livro com uma não-apresentação:

Porque não vou

Carta à Conceição (de Mato Dentro), na pessoa do Embaixador José Aparecido de Oliveira e José Fernando, da mesma Oliveira, prefeito do município e da região.

Motivo da carta — exatamente neste dia 8, Conceição faz 300 anos.

Como sou mineiro assumido — falo **Uai!** sem sotaque — e cidadão honorário de Conceição, estão me esperando com faixas e banda de música. Envio carta me explicando:

A CARTA

E eis-me aqui. E aqui estou. Por quê? Aparentemente é simples responder — porque não saí. Porque não saio.

Mais difícil é dizer a razão ou as razões, dessa ficada, desta irremovível permanência aqui. Uns não vão porque não podem, já foram uma vez, ou já se foram todas. Outros não vão porque lhes faltam meios. A condução de veículo, o impulso da vontade.

Este aqui, porém, não vai porque o *lá fora*, que você pode chamar de mundo, o assusta. Ou porque desistiu de ir. Sim, por que ir, se a grande aventura é ficar?. Olhar de novo em volta. Fazer do microcosmo, e do entorno, e do mínimo, o que está e se vê, o total do universo.

Sempre achei que uma pessoa deve nascer e morrer no mesmo lugar. No mesmo país, na mesma cidade, na mesma rua, na mesma casa. O itinerante, o andarilho, o cigano, o peripatético, o Marco Polo, ampliaram muito o espaço do universo, mas a maior revolução de todas, a maior descoberta, que produziu a melhoria definitiva de condição da vida humana, foi quando alguém deixou de correr atrás da comida, aprendeu a plantar e a domesticar. E parou. E ficou. E começou a erguer uma casa, um lar, sua querência. Por isso eu permaneço.

Mais ainda haverá um dia, uma ocasião, entre tantas no ocasional da vida, para novo encontro. Diga a Conceição (essa mesma onde você está agora, a do Mato Dentro) que tenho por ela a estima maior que se tem pelas pessoas e lugares mais singelos, e que a recebere de braços e coração aberto, quando ela vier até mim na pessoa de seu mais ilustre filho, que tem agora em seu filho não menos ilustre o homem que vai ajudar a fazer dela um lar melhor, pro sempre carinhoso orgulho mineiro.

Chegamos agora, aqui, você e eu, missivista e missivado, neste ponto final da escrita, a um impasse filosófico sem solução, que se chama contradição em termos: uma força de atração irresistível diante de um obstáculo irremovível.

E seja tudo pela vontade de Alá, que é Deus, e de Maomé que, felizmente, não é seu único profeta.

Do velho (lacto senso) amigo,

Millôr

Junho, 2002

O autor, visto por Paulo Francis

Terminando este livro encomiástico (!), tomo a liberdade, diante dos leitores, de publicar também uma apresentação a meu respeito. Com enorme sentimento de ironia, senão desagrado, por prêmios, títulos honoríficos e outras *consagrações*, sou sensível, porém, à opinião de alguns companheiros que me dizem ter chegado a ser, em alguns raros momentos, essa coisa indefinível que é um *"profissional de profissionais"*. Que me perdoem os acadêmicos em geral, mas, esta sim, é **A glória que fica, eleva, honra e consola.**

"Nos conhecemos a perder de vista, mais de 25 anos. Discutimos 50 anos, pelo menos, sobre os mais variados assuntos (dizem pelas costas que Millôr espera que o interlocutor expresse uma opinião, qualquer uma, que ele contradiz pelo prazer do debate), sem nunca brigarmos. Já trabalhamos juntos, já o 'editei', ele me 'editou', editamos outros (mais agradável); aprendi sempre.

"Não conheço quem escreva melhor português que Millôr. O pior de nosso jornalismo e literatura é que é em boa parte 'pré-pound', ou seja, os profissionais parecem considerar a linguagem algo que se maneja de fraque e cartola, uma 'Ilustríssima senhora'. Millôr foi um dos primeiros, ele e Rubem Braga, a tratar a 'senhora' como mulher, moça, gente, a coloquializá-la, a substituir os clichês sintáxicos e gramaticais glorificados pelos dicionários, numa representação da lingua-

gem falada, criada, experimentada pelo ser brasileiro. Todos aprendemos com ele.

"E Millôr é renascentista. Excetuando aquilo que detesta, botar os pés numa cadeira e sacar o violão, dabaiabadabaiabababa, escreveu prosa, teatro, cinema, pintou, desenhou, fez e faz humor inigualado e, claro, é um dos nossos raros dramaturgos que não tem sobre mim o efeito de um barbitúrico. É também ator; no seu 'one man show' lotou teatros. Não aparece em TV porque a TV tem medo dele, como tem medo de quem é capaz de pensar por si próprio e não está disposto ao que os ingleses chamam de 'arse licking' das autoridades (não traduzirei a expressão inglesa. Deixo a Millôr o trabalho, aproveitando para acrescentar que ele é nosso melhor tradutor).*

"Não há ninguém entre nossos profissionais que não reconheça em Millôr uma constância de qualidade quase sobre-humana. Lembrem-se, ele está nisso há mais de 30 anos. Melhora, como os melhores vinhos, com o tempo. Não decai ou tem lapsos. É tinhoso e furioso. Já me irritou quando discordamos à latência homicida. Sempre o admirei e admiro.

"Millôr não cabe em nichos... Exceto... Cala-te boca. Digo nichos ideológicos. É contra o poder arbitrário, indiferente a rótulos. É um ser raro no Brasil e em qualquer parte. Não é de curriolas, de servir, a grupos, ou até de pertencer a eles. É um dos últimos individualistas nesta era de humanóides.

"Ele tem sempre razão, como acha.

"Mas erra menos do que a maioria das pessoas que conheço.

---

* A expressão em inglês quer dizer *lambe-cu*. Os brasileiros, pundonorosos, usam a expressão *lambe-botas*. (M.F)

E, errado, me instrui e diverte mais do que os bois de presépio que, excetuando uma dúzia de pessoas, passam pela intelligentzia brasileira."

Escrito por ocasião da estréia da peça A CALÇA, Die Hose, do alemão Carl Sternhen, transubstanciada por mim em 1979.

MORAL DA OBRA

Quando você conhecer uma pessoa e sentir súbita e extrema admiração, não aja intempestivamente. Colha informações de amigos que bebam melhor do que você, espere mais 135 dias de intimidades, divida o resultado por 34, acrescente a sua idade, faça um negócio qualquer com a dita pessoa e só então dê queixa à polícia-de-costumes.

E
ERAM
TODOS
BELOS

Fernanda Montenegro

Paulo Garcez

Multialmas.

Eduardo Duvivier

Vacas leiteiras nas areias de Copacabana.

Newton Rezende

Atrás, casas. Antigas habitações humanas, já desaparecidas.

Tereza Rachel

Sem plano, pra tudo dar certo.

Bianca Ramoneda

Dos antigos tijucanos a futura carioca.

Paulo Garcez

Registro fraterno de um tempo com nome: Ipanema.

Alceu Penna

Das Garotas do Alceu à Garota de Ipanema.

Elsie Lessa

Agência O Globo

Nascida pra delicadeza, cronista do afeto, e mãe do Ivan. Também Lessa.

Márcio Moreira Alves

Testemunha-ocular-da-história desde que
a viu pela primeira vez.

Fernanda Verissimo

Érico, Fernando, Fernanda, uma linhagem: do vero ao veraz,
ao Verissimo. E a graça do compromisso.

Juarez Machado

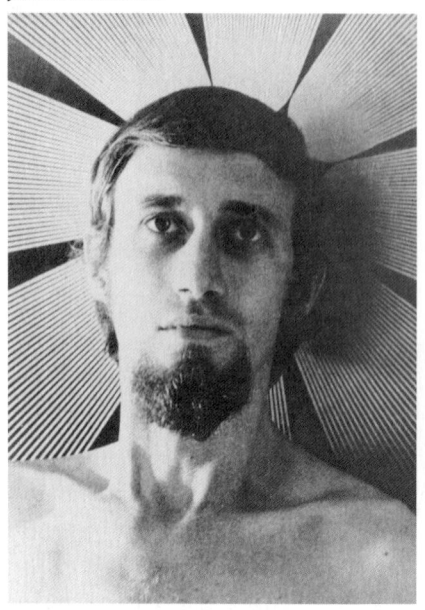

Mané de Florianópolis. *Maître-peintre à Paris.*

Caulos (Luiz Carlos Coutinho)

Homem do mar e mineiro: entre bombordo e boreste tem sempre a proa (mas também a popa).

Débora Bloch

No meio do caminho, e já tão esplêndida.

Marília Pêra

Paulo Garcez

Do palco, em plena vida, para o palco, toda a vida.

Ivan Lessa
(atrás, Jaguar rindo embasbacado, mesmo antes de Ivan bater a primeira letra)

Exilado no tempo, carioca do eterno.

Henfil

Agência O Globo

Os deuses são ciumentos.

Sônia Lins

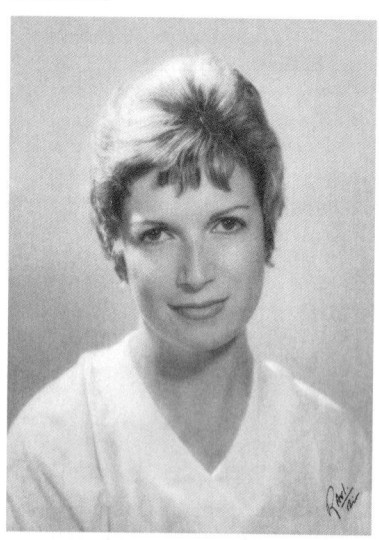

Gastando o mundo, esbanjando a vida.

Manoel de Barros

Poeta do sudoeste e oeste de Mato Grosso, e demais alagados do país.

Paulo Gracindo

Num Rio e num Brasil pelo éter — que tinha a sua alma.

Maria Thereza Weiss

O bom bocado é pra quem jamais esquece.

Edgard Moura

> Eu já não suporto mais
> Dos tempos tantas revoltas.
> Prazer, por que não me prendes?
> Mágoa, por que não me soltas?
> Presente, por que não vais?
> Passado, por que não voltas?

Fiat Lux para todos os olhos.

Chico Caruso

O mais carioca dos paulistas. O mais Caruso dos sambas.

Jânio Quadros

Agência O Globo

Se fosse sólido, comê-lo-ia.

José Paulo Cavalcanti

Não há ponto final jurídico na amizade legal.

Luis Fernando Verissimo

No dia em que foi à praia. Levou Fernandinha como testemunha.

Achutti (auto-retrato digital)

Do daguerreótipo ao digital, registro humano.

Glauco Mattoso

Sem limites nem autocomplacência.

Olívia Byington

Voz de precisão, emoção desmedida.

Pingarilho

No Rio, arquiteto, músico e pintor.
Em Viena, sedutor latino.

Mollica (Orlando)

Seguindo reto, apesar das curvas,
labirintos, e escaninhos.

Martinho da Vila

Compõe com o corpo todo.
Ri com os ombros.

Carlos (Carlinhos) Lyra

Pedra angular da Bossa Nova.

Wagner Tiso

O maestro, no instante em que descia à terra.

Geraldo Carneiro

Calma, galera, a foto nem lhe faz justiça.

Renata Deschamps

Dez mil dias de vôo para aterrissar na Travessa Renata, céu de Búzios.

Dirce (Tutu) Quadros

Seguida pelo pai, Jânio da Silva, o do aperitivo.

Ziraldo

De Caratinga para o mundo. E vice-versa.

Sérgio Rodrigues

Origem conhecida. A definição também: população homogênea de organismos com características definidas.

Antônio Fagundes

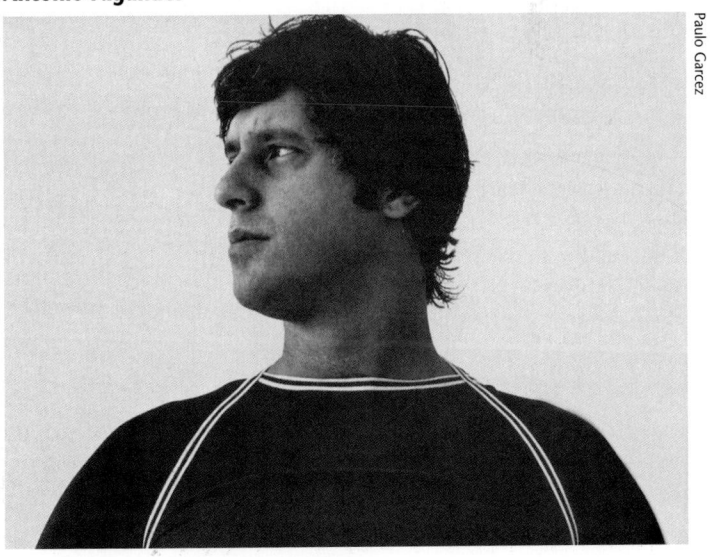

Tem astro e tem astro-rei. Vocês decidem.

Fuad Sayone

Fuad, meia hora antes de enfrentar na Itália os alemães e tomar Montese. Na marra.

Nássara (Gabriel)

No desenho e na música popular, reservista de primeira categoria.

Cássio Loredano

Sublimador da caricatura, arqueólogo dos caricaturistas.

Danuza Leão

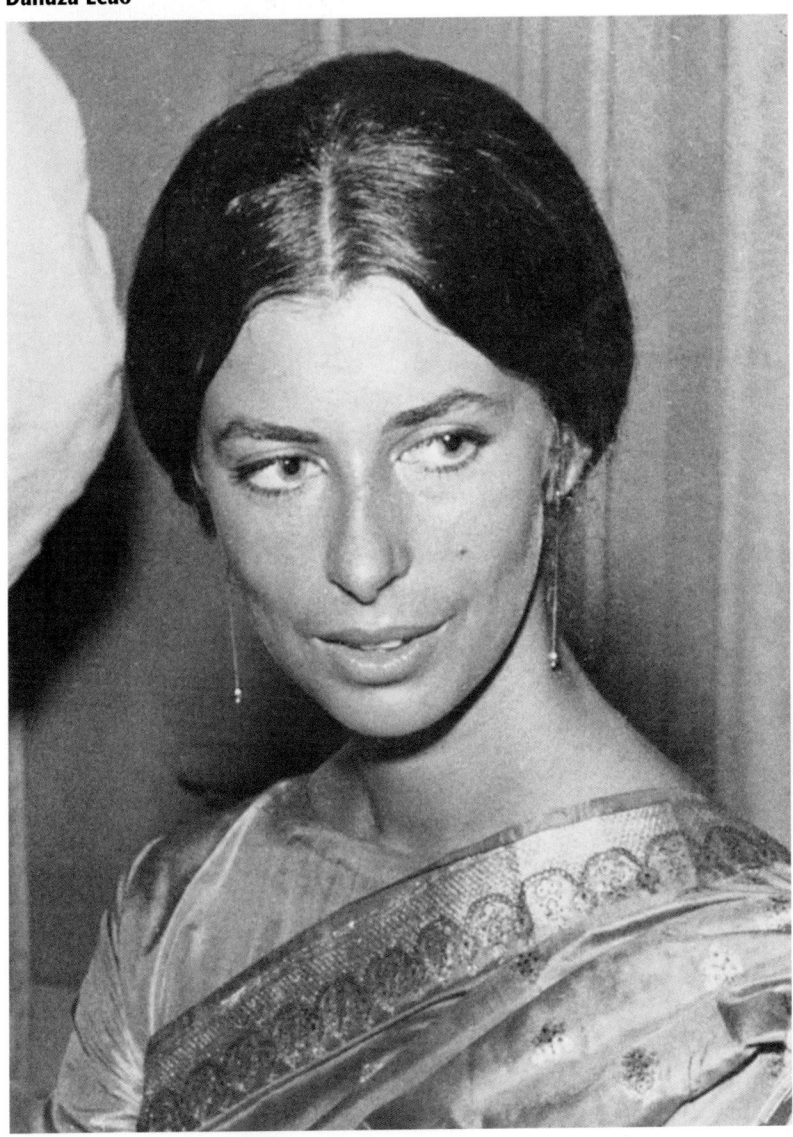

Do eixo Cachoeiro, Paris, Rio. Rio.

A carta manuscrita em que o autor (MF) apresentou Bianca Segreto ao mundo.

Bianca Segreto

Hoje, apenas 19 anos depois de ser apresentada ao mundo.

Fausto Wolff

Seis décadas de luta consigo mesmo. Ambos venceram.

Ivan Pinheiro Machado

De olho no norte. Do país e do destino.

Jaguar (Sérgio Magalhães Jaguaribe)

O pior pesadelo: sonhou que era uma ilha. Imaginem, cercado de água por todos os lados!

Cláudia Corbisier

Incorporando a poesia (jogo de palavras).

**Fernando Pedreira &
Monique Duvernoy**

Por trás de todo jornalista pulcro
há uma mulher ainda mais.

José Saramago

Agência O Globo

O Nobel em sua merecida pose.

José Geraldo

O boxe para ocultar a delicadeza.

Paulo Francis

"Que mundo constituído?"

Fafá

Cantora abrangente, contém mais mulher.

Técio Lins e Silva

Oftalmologista da justiça.

José Aparecido de Oliveira

Ainda em Conceição, já olhando um belo horizonte.

Ariano Suassuna (ao lado do amigo de infância, Francisco Brenand, que construiu no Recife seu próprio Karnak. Imperdível.)

Sai da frente que lá vou eu. Lá vamos nós.

Volkswagen (o carro do povo)

"Para dar 'um carro a cada operário alemão', Hitler ordenou a construção, em Fallersleben, da 'maior fábrica do mundo, maior que a Ford', com produção de um milhão de carros por ano. Os operários contribuíram, compulsoriamente, com dezenas de milhões de marcos. Nenhum carro saiu da fábrica durante o Terceiro Reich."
(William S. Shirer. Ascensão e queda do Terceiro Reich)

Millôr Fernandes

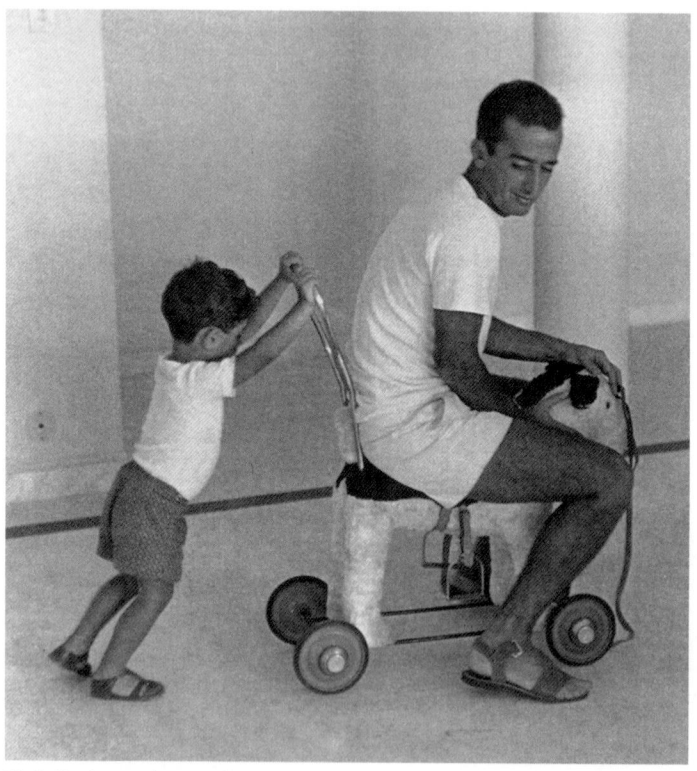

Na infância e na juventude.

LIVRO NÃO ENGUIÇA

Este livro foi composto na tipologia Stone Sans, em corpo 10/14,
e impresso em papel offset 90g/m^2
no Sistema Cameron da Divisão Gráfica da Distribuidora Record